共和国的历程

海天雷鸣

解放军福建前线部队炮击金门

周丽霞 编写

蓝天出版社 吉林出版集团有限责任公司

图书在版编目（CIP）数据

海天雷鸣：解放军福建前线部队炮击金门／周丽霞编写.
—北京：蓝天出版社，2014. 1（2023.3重印）
　　（共和国的历程）
　　ISBN 978-7-5094-1080-6

　　Ⅰ. ①海… Ⅱ. ①周… Ⅲ. ①革命故事－作品集－中国－当代 Ⅳ.
①I247. 8

中国版本图书馆 CIP 数据核字（2013）第 305421 号

海天雷鸣——解放军福建前线部队炮击金门

编　　写：周丽霞
策　　划：金永吉　　荆忠峰
责任编辑：祖　航　梅广才
出版发行：蓝天出版社　吉林出版集团有限责任公司
地　　址：北京市复兴路 14 号
邮　　编：100843
电　　话：010—66983715
经　　销：全国新华书店
印　　刷：北京柏玉景印刷制品有限公司
开　　本：710mm×1000mm　1/16
字　　数：69 千
印　　张：8
版　　次：2014 年 4 月第 1 版
印　　次：2023 年 3 月第 3 次
定　　价：29. 80 元

前　言

　　中华人民共和国自 1949 年 10 月 1 日成立以来，已走过了六十多年的风雨历程。历史是一面镜子，我们可以从多视角、多侧面对其进行解读。然而有一点是可以肯定的，那就是，半个多世纪以来，在中国共产党的领导下，中国的政治、经济、军事、外交、文化、教育、科技、社会、民生等领域，都发生了深刻的变化，中国人民站起来了，中华民族已屹立于世界民族之林。

　　这段时间放到整个历史长河中是短暂的，有如弹指一挥间，但它带给中国的却是极不平凡的。六十多年里神州大地经历了沧桑巨变。从开国大典到 60 年国庆盛典，从经济战线上的三大战役到经济总量居世界前列，从对农业、手工业、资本主义工商业的三大改造到社会主义市场经济体制的基本确立，从宜将剩勇追穷寇到建立了强大的国防军，从废除一切不平等条约到独立自主的和平外交政策，从"双百"方针到体制改革后的文化事业欣欣向荣，从扫除文盲到实施科教兴国战略建设新型国家，从翻身解放到实现小康社会，凡此种种，中国人民在每个领域无不留下发展的足迹，写就不朽的诗篇。

　　六十几年在历史的长河中犹如沧海一粟，但对身处其间的个人却是并非无足轻重的。其间究竟发生了些什么，怎样发生的，过程怎样，结果如何，非人人都清楚知道的。对此，亲身经历者或可鲜活如昨，但对后来者却可能只是一个概念，对某段历史的记忆影像或不存在或是模糊的。基于此，为了让年轻人，特别是青少年永远铭记共和国这段不朽的历史，我们推出了这套《共和国的历程》。

《共和国的历程》虽为故事形式，但与戏说无关，我们是想借助通俗、富于感染力的文字记录这段历史。这套丛书汇集了在共和国历史上具有深刻影响的重大历史事件。在丛书的谋篇布局上，我们尽量选取各个时代具有代表性的或深具普遍意义的若干事件加以叙述，使其能反映共和国发展的全景和脉络。为了使题目的设置不至于因大而空，我们着眼于每一重大历史事件的缘起、过程、结局、时间、地点、人物等，抓住点滴和些许小事，力求通透。

历史是复杂的，事态的发展因素也是多方面的。由于叙述者的视角、文化构成不同，对事件的认知或有不足，但这不会影响我们对整个历史事件的判断和思考，至于它能否清晰地表达出我们编辑这套书的本意，那只能交给读者去评判了。

这套丛书可谓是一部书写红色记忆的读物，它对于了解共和国的历史、中国共产党的英明领导和中国人民的伟大实践都是不可或缺的。同时，这套丛书又是一套普及性读物，既针对重点阅读人群，也适宜在全民中推广。相信它必将在我国开展的全民阅读活动中发挥大的作用，成为装备中小学图书馆、农家书屋、社区书屋、机关及企事业单位职工图书室、连队图书室等的重点选择对象。

编　者
2014 年 1 月

一、炮打金门

二、炮击前奏

三、激烈交锋

一、 炮打金门

- 毛泽东开门见山地说道："政治局半夜深更作出了一个决定，炮打金门！"

- 刘亚楼回答："请军委首长放心，我们一定以最快的速度入闽作战。"

- 叶飞心里暗暗说道："请主席放心，我一定完成好这次炮击任务！"

毛泽东宣布炮击金门

1958 年 7 月 18 日晚，北京城华灯初上，一辆接一辆的高级轿车驶进中南海。

中南海怀仁堂里，中国人民解放军的高级将领正陆续走进来。

国防委员会副主席彭德怀、徐向前，中央军委副主席贺龙、林彪，军事委员会副主席聂荣臻、陈毅，军事委员会副总参谋长粟裕，国防部副部长黄克诚，副总参谋长陈赓，海军司令员萧劲光，空军司令员刘亚楼，炮兵司令员陈锡联，工程兵司令员陈士榘，总政治部主任萧华，总后勤部部长洪学智等见面后，先互行军礼，后热烈握手，接着就开始亲切地交谈。

这些为新中国的建立立下赫赫战功的将军，平时很少有机会在一起相聚，现在趁着这个机会叙叙友情，开开玩笑。怀仁堂里，气氛轻松而又热烈。

不一会儿，大家的表情又变得严肃起来，因为他们聊到了目前的局势。

这一时期，中东地区反对帝国主义压迫的民族解放斗争风起云涌，美国为维持其在这个地区的殖民统治，不顾世界舆论的谴责，于 1958 年 7 月 15 日出兵黎巴嫩，公然干涉别国内政。随后，英国为了维护本国的利益，也配合美国，派军队进入约旦。

苏联为此迅速做出反应，在加强与埃及联系的同时，也在军事上有所动作。中东局势在骤然间变得紧张起来。

美国在军事介入中东之后，又在出兵的同一天宣布，美军在远东的陆海空军进入戒备状态。美国还与蒋介石的军队搞联合军事演习，加强空军对中国沿海及内陆的侦察活动，使台海局势也变得一触即发。

将军们正聊得义愤填膺的时候，身穿藏青色中山装的国家主席毛泽东迈着矫健的步伐走进会议大厅。

主席一来，会议厅内顿时静了下来。

毛泽东走到主席台，扫视了一下会场，询问身旁的秘书长林伯渠："人都到齐了吧？"

"到齐了。"

毛泽东点点头，逐个看了大家一眼，然后用浓重的湘潭口音宣布开会，接着开门见山地说道："大家都知道了，世界上有一个地方叫中东，最近那里很热闹，搞得我们在远东的屁股也热了。人家放屁，我们也不能只做看客，因此，政治局半夜深更作出了一个决定，炮打金门！"

毛泽东的话音刚落，会议室里便发出了一些骚动：这是真的吗？参会人员几乎同时用吃惊的眼神望着这位始终掌握中国军队指挥大权的领袖人物，急切地等待他的下文。

毛泽东随即阐发自己的意图："美军在黎巴嫩、英军在约旦登陆，镇压中东人民的反侵略斗争和民族解放运动。我们也要有实际行动进行支援。"

毛泽东停顿了一下，继续说："我们选择金门、马祖，主要是打蒋介石。金门、马祖是中国领土，打金、马是我们的内政，在政治上有理，在军事上有利。我们这样做，可以对美国起到牵制作用，但又令美国对我们无可奈何！这是一桩好买卖。美国所有的远东部队都进行了备战，制造紧张空气，企图牵制我们。我们正好以实际行动回答他，也牵制他在远东的兵力，使其不能向中东调兵，减轻美国对中东穆斯林人民的压力。我们的行动若能使美国海军在中东和台湾间频繁调动就更妙了。"

毛泽东在后来的讲话中，也承认美国在远东等地的海空优势，担忧美国卷入到我们的内战中来，他说："远东、台湾地区，美国有着海空优势，是否会卷入，值得考虑，我们要有所准备，他来打我们怎么办？局部战争会引起大规模冲突……有可能江山不保，我尽量不与美国正面冲突，因此，我们的海空军不出公海作战，见到美机美舰要回避，一定要防止误击美机、美舰，既不示弱，也不主动惹事，谁惹美国人谁负责！"

毛泽东又说："中央军委现在要发个电报，命令各大军区立即进入紧急备战状态，而且还要把作战任务立即下达给福州军区和海军、空军、炮兵，越快越好。赫鲁晓夫在中东等我们的回音呢。我们最迟应于 7 月 25 日之前，以地面炮兵实施主要打击。第一次炮击几万发炮弹，以后每天打一发，准备先打 3 个月。以后怎么办，走一步看一步。"

为保护炮击金门的地面部队安全，毛泽东指示，必须抓紧组建一个强有力的前线空军指挥机构。

毛泽东向空军司令员刘亚楼问道："刘亚楼，你准备派谁做先锋，是赵子龙还是林教头呀？"

刘亚楼想了想，站起身回答了毛泽东的提问："依我看，就派曾经指挥过朝鲜空战的南京军区空军司令员聂凤智同志去，主席看怎么样？"

毛泽东满意地点了点头。他大手一挥，定下人选："好！就这么定了，就让聂凤智去！"说完，他又思索了一下，说："至于总指挥，就由叶飞同志去完成吧！当初金门是在他手里丢掉的，现在就让他将功补过！"

说完这些话，毛泽东把具体的战斗部署留给了众将领，他起身告辞。

军委副主席、国防部长彭德怀继续主持军委会议，研究详细的炮击金门时间。

他对坐在前排的刘亚楼说："这次作战虽然主要是使用炮兵，但焦点在空中，除非复杂气候限制，空军一定要在 7 月 27 日前进入福建、粤东的作战机场。"

刘亚楼回答："请军委首长放心，我们一定以最快的速度入闽作战。"

其实，关于炮击金门和马祖的问题，彭德怀早在

炮打金门

3月5日就提出来了。

当时，他在通过邓小平转给毛泽东的信中说："经军委、空军和福州军区讨论，拟定于7、8月间调空军歼击机入闽，并准备在必要时轰炸金门、马祖。"

3月8日，毛泽东答复，同意进行准备，又嘱咐"但最后实行进入，还需要静观待变"。

6月16日，毛泽东在中南海主持召开外交问题会议时说："同美国接触的问题，我在日内瓦会议时已经说过，可以有所接触。但美国不一定愿意接触，同美国闹成僵局20年，对我们有利。一定要美国梳妆打扮后送上门来，使他们对中国感到出乎意外。"

从7月15日至18日，毛泽东连续召集会议，研究对策。在分析中东事件和国际动向的基础上，中共中央正式作出了炮击金门的决定。

18日晚，军委会议把炮击金门的时间定在7月25日，具体作战部署安排如下：

——这次炮战以福州军区的炮兵为主，以32个炮兵营部署在厦门和莲河地区，负责打击大小金门的蒋军，以6个海岸炮兵连部署在围头、莲河、厦门一带，从3个方向打击大金门料罗湾的蒋海军舰艇，同时在厦门和莲河地区部署高射炮，以掩护地面炮兵的作战行动。

——空军采取以小进求大进的方法，进入

福建和粤东机场。第一步以歼击航空兵2个团于27日秘密进入福建的莲城机场和广东的汕头机场。后梯队4个团于8月上旬至中旬进至福建漳州、莲城、福州、龙田机场。轰炸机与侦察机部队，随后跟进至江西的樟树及福建的一二线机场。福州军区空军司令员聂凤智统一指挥以上行动。

——海军在浙江的歼击航空兵策应汕头、莲城的空中作战，并掩护三都沃的海军设施。另外集中8个海岸炮连配合陆军炮击金门。第一步集中两个鱼雷快艇大队分别进至泉州的后堵港及东山港待机，8月中旬以后，再集中3个鱼雷快艇大队、两个猎潜艇大队和一个高速炮艇中队，分别进至三都沃、后堵港和东山港。以上由东海舰队副司令员彭德清统一指挥。

会议结束后，炮、空、海军各军种领导人立即回去传达任务，研究并确定炮击金门的具体作战部署。

炮打金门

刘亚楼签发空战命令

刘亚楼离开怀仁堂，立即坐上他的"吉姆"专车，风驰电掣般地朝空军司令部驶去。

在司令部会议室里，将校们早已等候多时。刘亚楼跨入会议室大门，将校们全部起立。他张开双臂，做一个示意大家落座的动作，开口便说："同志们，要打仗了，这回军委动了真格啦！"

大家听到司令员的话，立即来了精神头儿。

刘亚楼开门见山："美国人、英国人最近在中东发动战争，毛主席、党中央决定，支援阿拉伯，炮打金门。我们空军要立即进入福建。总的作战指导原则，还是毛主席讲的，在战略上以少胜多，在战术上以多胜少，达到消灭敌人、保存自己的目的……同国民党空军交手是肯定的。还必须充分准备同美国人较量。美国人也不是三头六臂嘛，在朝鲜我们掂量过他的斤两。老飞行员应该摆摆龙门阵，研究打国民党、打美国佬的战法，要让新飞行员树立敢打必胜的信念。"

说完这些，刘亚楼大声地发问："打赢这一仗，大家有没有信心？"

将校们异口同声地大声回答："有！"

刘亚楼走到地图前，对大家招招手说："来来，大家来研究一下具体的作战部署。"

早在 1954 年，中央军委就将空军进入福建的问题列入了议事日程，当时军委曾打算先把杭州的空十团转移到福建去。

但是，福建当时只有一个福州义序机场，而空军进入福建，首先需要的就是一个合适的机场，而且，那时也没有找到合适的建油库的地方。

鉴于以上原因，1955 年初，政务院、中央军委下达了修建福建机场的指示，并在两年内抢修了福清、龙田、莆田、惠安、泉州等几个一线机场。

一切准备就绪，1957 年 7 月 15 日，空军电传国防部 6 月 12 日批示，将由福州军区代管的防空第一军改称空军第一军，划归南京军区空军建制。

但这时的空一军，只管高炮、雷达、探照灯和机场修建，还没有飞机，是个名副其实的"空"军。

朝鲜战争后，人民空军经过战火的洗礼和航空工业发展的"补氧"，在 1957 年合并了防空军，初成建制并得以发展壮大。

当时，中国装备的战机大部分为"米格 – 15"、"米格 – 17"。歼击航空兵有 13 个团能全天候作战，有 20 个团能在白天一般气象下作战，部分能在白天复杂或夜间一般气象条件下作战。

轰炸航空兵一个"杜 – 4 中型"轰炸机团和一个"伊尔 – 28 轻型"轰炸机团，能全天候执行任务。

炮打金门

其余的 11 个团全部能在白天一般气象、部分能在夜间一般气象条件下执行任务。

鉴于空军队伍的壮大，毛泽东于年底指示空军司令员刘亚楼："请考虑我空军 1958 年进入福建的问题。"

1958 年 1 月，刘亚楼率南京军区空军司令员聂凤智、广州军区空军司令员吴富善、武汉军区空军司令员傅传作及空军副参谋长张廷发，并邀请福州军区司令员韩先楚，前往福建前线，向福建省委第一书记兼福州军区政委叶飞等负责人传达毛泽东的指示，共同研究空军入闽的各项事宜。

但空军入闽行动却远非人们想象的那么简单，这主要是因为夺取邻近海峡西岸福建、粤东的制空权，不仅是军事问题，同时也是复杂的政治问题。

从军事上讲，此时国民党空军共有 6 个联队，下辖 8 个大队，拥有飞机 646 架，其中 200 多架"F－84G"和 300 多架"F－86F"，空勤人员全系美国训练，飞行员大都飞过复杂气象，具有一定的战斗力；而且，美军在台湾还保持一定数量的航空兵力量，装备有最新式的"F－100 型"战斗机。从日本、菲律宾以及第七舰队航空母舰起飞的飞机，随时可至。它们既可撑起台湾上空的保护伞，又能作为台湾空军进入大陆作战的后盾，使国民党军毫无顾虑地与我方空军作战。

从政治上讲，由于美国海、空力量进入台湾海峡庇护，而人民解放军空军进入邻近台湾海峡的福建沿海作战，弄不好就会给美国人以进行军事干涉的借口，这就是空军久久不能入闽的客观原因。而这时的中东战事正好解除了中国空军入闽的种种顾虑。所以，在这场炮击金门的行动中，残酷的空战是免不了的。

7月19日凌晨，刘亚楼带领空军首脑开会研究并出台了空军入闽作战的几项重要决定。

其内容如下：

一、责成南京军区空军司令员聂凤智和空五军政委裴志耕协商提出福建前线空军领导人选，与驻闽空一军一道急速组建福州军区空军指挥机构。

二、确定战斗力较强、有实战经验的空一师即原空四师和空三、九、十六、十八师，空八师一个团和独四团，以及部分高炮、雷达部队为第一批入闽部队，力争打好第一仗；以空一、十八师各一个团为第一批入闽的歼击航空兵，于7月24日紧急转到待机位置；27日分别隐蔽进入汕头、连城基地。另调部分高射炮和雷达部队入闽。

三、健全各机场的保障机构，从东北、华北和华东地区，紧急调运3个场站，保障车辆、弹药和各种器材等物资。

四、明确作战指导思想，即在战略上以少

胜多，在战术上以多胜少；发动指挥员、飞行人员学习抗美援朝的空战经验，运用和发展"一域多层四四制"的战术原则；严格执行中央军委的作战政策，军事斗争一定要服从政治斗争……

在讨论空军进入福建的方式时，刘亚楼等人曾有两个预案：一是突然地一次进入福建现有的6个机场；二是逐次分批进入。

前一方案的好处是：一次展开力量强大，使敌人措手不及，一时难于对付，一下就紧张到顶，然后逐渐缓和下来。但是缺点有两条：一是对国际上的震动和对美蒋的刺激太大，二是从空军部队作战起飞来看，在不出公海作战的情况下，濒海机场使用起来很不方便，很不容易对付敌人。

刘亚楼认为，空军如果先进驻连城、汕头机场，接着进驻漳州，然后视情况的发展，逐步地进驻沿海各机场，这样对敌人的刺激较小，我们无论在政治上、军事上均较为主动。

考虑到上述这些情况，空军司令员刘亚楼签发作战兵力部署：

一、歼击航空兵：

1. 调第一师师部率第一、三两个团进驻连城、新城机场，以师部率第一团驻连城，第三团驻新城，接替第九师防务。

2. 第十八师师部率一个团进驻汕头机场，该师其余部队调驻惠阳机场。

3. 调第三师师部率第七、九两个团进驻广州之沙堤、白云两个机场。

4. 第九师集中于长沙机场。

二、轰炸航空兵：

1. 调第八师一个团进驻樟树机场。

2. 独四团八个机组随时准备进驻樟树机场遂行战斗任务。

3. 第八师（含四团）进驻后，第二十四师有掩护樟树基地及保证轰炸部队安全起落的警戒任务。

三、指挥组织：

将第一、第五两个军部合并组成福建地区统一的空军指挥机构，在军委未正式宣布命令以前，暂定名为福建空军指挥所，位于晋江，指挥机构应于本月二十三日前到达晋江组成，该部直接指挥第一、第十八、第十二师三个歼击师及樟树的两个轰炸团。

四、部队调动时间及程次：

1. 第一师、第十八师、第八师各部立即派出负责指挥及地面保证的先遣梯队到达任务地

炮打金门

点组织接受自己部队的转场。独四团应派出必要人员到樟树进行必要的准备。

2. 各部队的转场均由所在军区空军按紧急转场方式进行组织，所有地面部队的转场均需于二十四日零时前完成，空中部队转场时间梯次另有命令。

3. 高射炮部队的调动需在二十五日黄昏前到达任务地区。

4. 部队转至新基地后按新的指挥关系请示任务。

刘亚楼的这份作战命令中，在几个关于时间的问题上，曾引起了不少人的异议。刘亚楼指出：指挥机构必须于23日前到达晋江；所有地面部队必须于24日零时前完成转场；高射炮部队的调动必须在25日黄昏前到达任务地区；歼击航空兵各部不能迟于27日到达目的地。

短短几天，要完成如此复杂、庞大的地面、空中临战转场，谈何容易？会议中的人群随即讨论起来：这不是开玩笑吗？这么短的时间？

刘亚楼听到了大家的议论，使劲地拍了一下面前的桌子，大声地说："哪个给谁开玩笑？谁没有本事完成命令的提前告诉我，我好找人先接他的班！"

见到司令员发了"狠话"，下面立刻鸦雀无声。

刘亚楼并非不够理智，他完全清楚此次任务的繁重和艰巨，也清楚自己部队中蕴藏着的主观能动性。他心中明白，早在半年前，空军就拟定好了入闽作战的预案，并为此进行了扎实、周密的准备，因此，他认为短期内完成这次任务是完全可能的。同时，刘亚楼也深信"养兵千日，用兵一时"的道理，临战时刻，他就是要以绝对的权威将任务一级一级地往下压，使同志们能够充分地发挥主观能动性，把自己的才能全部发挥出来。

刘亚楼看到很快安静下来的战友们，缓了口气，继续说道："当然，困难是肯定有的，但是，彭总说了，除非复杂气象限制，我空军入闽时间绝对不能推迟。聂凤智，你怎么看啊？"

聂凤智回答："我不敢保证说没有困难，但是，再大的困难我也会去克服的！"

刘亚楼又将话题指向时任福州军区空军第一副政委的裴志耕："裴志耕，你那里呢？"

裴志耕说："我完全同意刘司令的看法。我方空军入闽，首先就是要站稳脚，只要我们的第一仗打好了，那么这次的制空权就到了我们手里，以后怎么都好办了。"

刘亚楼点头同意，说道："大家要有信心！但也要看到现实。自从国民党逃到台湾，他们的空军从来就没有受到一点的损失，反倒是一直活动猖狂，控制了福建沿海的制空权。现在，我们就要从他们的手中夺回这个制空权！"

停了一下，刘亚楼继续说："明天，我会派专机送老聂到南京，送志耕同志到杭州，你们到了那里后立即开始组建福建前线空军领导机构工作。人选拟好报批后，要昼夜奔赴前线晋江，完成空战准备。我给你们6天时间，25日零时，你们务必开始担负指挥任务！听明白了吗？"

"听明白了！"聂、裴二人一齐答道。

刘亚楼满意地点点头："另外，为了打好这个仗，海军航空兵第四师十团也归你们指挥。这个我会提前给海军方面协商，海航十团作为第三批入闽部队，进驻福建省会福州。"

"好的！一切听从您的指示！"聂、裴二人回答。

布置好一切，刘亚楼宣布散会。

此时，时钟已指向晨6时。

叶飞担任炮击金门总指挥

7月18日晚，中央军事委员会副总参谋长粟裕也是通宵未眠。

粟裕同志参加完军委会议回到总参办公楼做的第一件事情，就是将中央军委的作战命令立即传达下去。

他首先拨通了总参谋部作战部长王尚荣的电话："喂！是王尚荣吗？我是粟裕啊！"

"哦！粟参谋长，您有什么事吗？"

"小王同志，军委决定本月的25号炮击金门，炮兵总指挥由叶飞同志担任，请你立即传达军委的命令！"

王尚荣听到参谋长的吩咐，顺手拿起一支铅笔，边听边将具体事项记录下来。

粟裕叮嘱王尚荣说："这件事时间非常紧迫，叶飞同志的委任状随后就到……"

"好的，好的，我知道了。"电话那头的王尚荣使劲地点着头回答。

王尚荣挂了粟裕的电话，立即将电话拨到了福州军区。此时，担任福州军区第一政委的叶飞同志也还没有休息。他正和当地的机关领导们一起研究福州地区农民抢收水稻的事情，因为7月，正是东南沿海的台风季节。

军区作战室的一个同志走进他们的办公室，小声地对着叶飞的耳朵说："叶政委，北京军委总参谋部来的电话，找您的。"

叶飞立即随作战室的同志去接电话。

耳机里传来了总参谋部作战部长王尚荣的声音："叶政委吗？中央决定炮轰金门，主席亲自点名由你指挥！"

叶飞听到王尚荣说的话，感到有些意外。因为当时韩先楚已经到任接替了他的福州军区司令员职务。他虽然仍兼军区第一政委，但其工作的重点已经不在军事方面了，就算是军事需要，也应该由军区司令员指挥，总参怎么会给自己打来电话呢？

他有点疑惑地问："什么？主席点名要我指挥？"

"是的，叶政委，是毛主席亲自点你的将！"王尚荣在电话里回答，听得出，他的语调十分严肃。

"真有此事？"叶飞又进一步追问。

"不信？你可问一问刘培善同志。"刘培善将军是福州军区副政治委员，此刻因出差在北京，正站立在王尚荣将军身旁。

刘培善接过电话，激动地说："是的，叶政委，的确是毛主席点名要你指挥的！"

叶飞仍然有疑问："可是，韩先楚司令员现在不就在北京吗？这件事应该由他亲自指挥才对啊！"

刘培善回答："这个问题你就不要问了，这是主席亲自下的命令，你只要把事情办好就行了。"

叶飞回答："既然这样，我接受命令。"

叶飞放下了电话，脑海里立即浮现出几年前攻打金门失利的情景。回想起金门战役后毛主席对他的批评，他心情沉重地走出军区作战室的大门。

毛主席的声音再次回响在他的耳边："金门失利，不是处分的问题，而是要接受教训的问题。"

此时的叶飞在心里暗暗说道："请主席放心，我一定完成好这次炮击任务！"

炮打金门

彭德清受命指挥海军作战

7月18日，海军福建基地司令彭德清接到金门作战的命令。

海军3个舰队中，由于东南沿海一带都是由东海舰队在负责，因此配合炮击金门的任务就交给了东海舰队海军来完成。

这天上午，东海舰队副司令员彭德清少将正率领着全舰官兵，为前来友好访问的印度海军官兵举行海空协同攻击演习。

印度海军军官都是从英国毕业的高才生，为了在印度同行面前展示我军素质，这次演习由东海舰队司令员陶勇亲自指挥，彭德清具体组织。

在演习前，陶勇亲自将副司令员刘建廷叫去，问他："鱼雷快艇从检阅舰面前通过，距离是多少？"

刘建廷回答："按条令规定，不得低于1链，检阅舰航速二十几节，我们航速五十几节，靠太近了会出事，起码保持1链。"

刘建廷所说的"链"是一个英制长度单位：1链等于20.1168米。

陶勇说："我不管，航速50节不行，你的速度还要快！"

刘建廷说："50 节已经很高速了，机器温度已达 90 度，再快就要开锅啦。"

陶勇还是那句话："反正还要快，你给我想办法！"

听领导下了死命令，刘建廷只好回去再和业务长们商量，最后一致认为，如果鱼雷艇加快速度，只有把艇底门打开，直接用海水来冷却发动机。

但是，鱼雷艇跑完这一趟，必须用一个星期的时间才能将机器清洗干净。

刘建廷将同志们商议的结果向陶勇报告后，陶勇表示同意。

演习的时候到了。

波涛之上，中国海军鱼雷艇 12 艘、水鱼雷轰炸机 9 架、歼击机 12 架，组成两个突击群，沿长江口向假想目标施放了数十枚鱼雷。假想敌两艘"重巡洋舰"被阵阵冲天而起的烈焰和水柱所吞没。

实弹演习结束时，战斗、轰炸机群低空从检阅舰"成都"号和"迈索尔"号上空通过。紧接着，得胜归来的六支队 12 艘鱼雷艇，艇距 100 米成一字长蛇阵高速驶来，几乎挨着检阅舰的舰舷，划了一个漂亮的 180 度的大圆，踏着长长的白色浪迹，一路欢歌而去。

印度海军舰队司令官阿·查克洛蒂少将伸出大拇指，无不感慨地说："任何一位尚未学好躲避鱼雷攻击的舰长，都最好不要在中国海域同中国海军遭遇。"

就在东海舰队顺利地完成了实弹演习的第二天早上，

炮打金门

东海舰队司令员陶勇接到了海军司令萧劲光的来电。

萧劲光在通话中，向陶勇传达了中央军委的指示，要求派彭德清少将亲自前往北京领受具体任务。

陶勇命人将彭德清领到自己的办公室。一见面，他便对彭德清说："老彭，恭喜你，又捞到仗打了。"

"打仗？打什么仗？和谁打？"彭德清一时间感到很诧异。

陶勇说："我刚刚接到军委、主席指示，很快就要炮击金门、惩罚蒋军。海军也要参战，任务交给了我们东海舰队。萧司令要你明天一早坐飞机去北京，到海军司令部领受具体任务！"

"司令员是不是一道去？"彭德清问。

陶勇摇摇头，笑着说："我就不去啦。老彭，你是福建人，对那一带地区、海域情况熟悉，军委领导人考虑再三，觉得这一仗还是由你去指挥比较好。"

彭德清听完陶勇的话，高兴地说："谢谢领导对我的信任，打不赢，你砍我脑袋！"

7月20日，彭德清来到北京海军总司令部。

海军司令萧劲光亲自任命他为厦门前线指挥所司令员兼政治委员，并向他详细地交代了作战任务。

彭德清以自己的习惯归纳，记住了几条要点：

1. 打南（金门）不打北（马祖），打金不打台。

2. 打蒋不打美，打近不打远（公海）。

3. 封而不登，歼其大舰。

4. 三军协同，服从陆军……

彭德清边听边仔细琢磨任务要点。

临别时，萧劲光再次提醒彭德清说："经军委、中央商议后决定，准备于 7 月 25 日开始炮击。时间很紧张，你要争分夺秒，尽快到达指挥位置！"

第二天一早，彭德清飞返上海，向陶勇汇报请示。陶勇听完汇报后，亲自带着彭德清到上海市委汇报，再次研究了作战部署。之后，彭德清匆匆踏上开赴厦门的专列。

陶勇亲自送彭德清到车站，他严肃而又关心地叮嘱彭德清说："老彭，此次作战是在党中央和毛主席的亲自指挥下，也是三军的联合行动，政策性和协调性强，务必注意不要出差错。"

彭德清表情庄重地点了点头。他有些担心地说："可是，从现在的情况分析，美国第七舰队很可能会介入，威胁我们的安全。"

陶勇沉思了一下，果断地说："老彭，我们面临的任务是复杂艰巨的，打蒋要坚决，务必注意以下几点：一、你们前线指挥所应在前线总指挥所统一指挥下执行任务，必须坚决服从命令，听从指挥，这一点不能含糊，它是我们多少年来打胜仗的一条重要经验；二、作战指挥时，

炮打金门

要注意蒋舰和美舰混合编队在一起的动静，很可能仗一打起来，我艇一出击，为国民党军队护航助威的美舰就会吓跑，美国佬不会真心替蒋卖命的；三、如果美舰胆敢向我开火，那就蒋舰、美舰一齐打，狠狠教训美国佬。美国佬没什么了不起，朝鲜战场上我们不是同他们较量过吗？"

彭德清听完陶司令的话，用力地点了点头。

陶勇伸出手："老彭，祝你旗开得胜，马到成功！"

彭德清从车窗中伸出手紧紧握住陶勇的手说："司令员，你要记得尽快把鱼雷艇大队给我运到哟！"

陶勇说："你放心，我会想办法的！"

二、 炮击前奏

● 叶飞听报，眉毛一挑，严厉地说："命令该团必须准时赶到指定位置，迅速构筑工事！"

● 11 时 28 分，赵德安率领 4 架飞机安全着落，他举手伸出三指：3:0！

● 毛泽东说："好嘛，就是你说的这个'8·23'。叶飞一到，就开炮！"

进行炮击准备

7月19日，叶飞接受任务后，交代完福建省委的工作，风尘仆仆地赶到厦门去组建指挥所。

此刻，在厦门市紫云岩新组建的厦门前线指挥所内，电话铃声此起彼落，参谋人员在快速地回答和处理战前事务。

根据中央军委的指示，厦门前线指挥所由福州军区政委叶飞、副司令员张翼翔、副政委刘培善、政治部主任廖海光、副参谋长石一宸组成。

这个指挥所下设空军指挥所和海军指挥所。空军指挥所司令员是南京军区空军司令员聂凤智，指挥所设在泉州晋江罗裳山；海军指挥所是在海军厦门水警区基础上成立的，司令员兼政委是东海舰队副司令员彭德清，高立忠为第一副司令员兼参谋长，谭天哲为副政委，指挥所设在天界寺。

当晚，叶飞和张翼翔在前线指挥所召集军区领导人及有关人员开会，决定从本军区当时所有的陆、海军炮兵中集中33个营，准备分别打击大、小金门岛和马祖岛上的国民党军。同时组织福建所有高炮部队，掩护地面炮兵和交通枢纽等的对空安全。

另外，华北有3个加农炮兵团，奉总参谋部和炮兵司令部命令，也开始做入闽参战的准备。

已是后半夜了，前线指挥所作战室内，叶飞、张翼翔两位将军仍在签发命令。一批批防空高炮部队、地面炮兵部队、战备物资，从四面八方调集而来。

21日，闽南地区遭遇了大面积的暴雨天气，叶飞命令各炮兵部队昼夜行军，冒雨开进。

22日凌晨，作战处长匆匆走进来，向叶飞、张翼翔两位首长汇报情况："报告首长，泉州大桥损坏，三十一军炮兵团开进途中受阻。"

此时正是午夜时分，在泉州桥边，几十辆炮车被阻不能行动。

三十一军炮兵团的同志是昨天晚饭后突然接到上级命令的。命令未讲具体任务，只是要求他们火速赶到指定地点。

当时，全团官兵正在看电影。团长一声令下，仅用了半个小时，炮车便装载完毕，部队连夜拔营开进。在行军途中，团、营、连、排、班紧急动员，整个团队斗志昂扬，一路开进。然而，当部队的全体官兵来到泉州时，唯一过河的大桥却挡住了战士们的去路。

此刻，在泉州大街上挤满了车和炮，排出去5公里多地，谁也动弹不得。而在渡口处，摆渡一次只能渡一门炮或一辆车，40多分钟才能往返一次。照这样的速度计算，如果全兵团选择从渡口过河的话，那么24日夜间是无论如何都无法进入阵地的。

另外，当时福建沿海敌特很多，如果他们给台湾方面发个电报，那么台湾肯定会乘着天气转好后派飞机来轰炸。如果真是那样，庞大的车炮队在泉州大街就会连个躲避的地方都没有，那样的话，结局很可能就是还没等我方的战士赶到地点，对方就已经先下手为强了……

面对如此难题，炮兵团领导首先派人前往厦门前线指挥所，将兵团受阻的消息告诉首长叶飞。

叶飞听报，眉毛一挑，严厉地说："命令该团必须准时赶到指定位置，迅速构筑工事！另外，想办法联系上所有参战部队，让他们务必按时完成各项准备，隐蔽待命！"

不能得到首长的帮助，兵团领导只能自己想办法了。

后来，兵团领导带领着同志们从泉州下游几里远的地方绕路过了河。

过了江，部队距厦门还有100公里左右。前方再无障碍，司机们一路鸣笛一路加油，黄昏到达厦门，连夜看地形，挖工事，搞伪装，到24日下半夜，大炮全部进入阵地。

与此同时，其他炮兵团也奉命及时到达集结地区，并陆续开始构筑工事。

7月24日，前线指挥所已经全面完成了炮击作战的各项部署。

从漳州、泉州等地调集而来的约3个炮兵师数百门大口径远射程火炮，编成几个大炮群，配置在角尾、大嶝、小嶝一线约 30 公里正面，阵地呈扇形展开，构成一张严密的火力网。

为保证炮阵地不暴露，指挥所命令：白天不准队伍走动，晚上实行灯火管制，一日三餐由后勤人员摸黑送上阵地。

同一天，叶飞向北京发出作战电文报告，电报内容如下：

主席、军委：

兹将各方面作战准备情况报告如下：

一、现已集中陆、海军炮兵 30 个营的兵力部署于厦门地区包括大小嶝岛、莲河围头地区，准备打击大、小金门岛之敌。另集中陆海炮兵三个营两个连部署在黄岐半岛地区，准备打击马祖岛之敌。

二、弹药三个基数约 5 万发，一个基数已调拨前线并分发完毕，其余两个基数正在运输中。

三、战场布置，阵地和工事，24 日可以准备完毕。

四、后方物资、弹药仓库和库厂、铁路要点、运输枢纽防空和维护工作已作了部署。

五、准备担任作战的炮兵部队，24 日拂晓前可以进入隐蔽待机的位置，晚上可以全部进

炮击前奏

入射击位置。

我们预定的作战方案是：

一、在同一时间对金门、马祖之敌予以突然猛烈的炮兵火力袭击，重点放在金门。

二、对金门打击目标：集中袭击敌人的锚地、炮兵阵地和重要仓库。

三、然后即准备转入对空作战，并以海岸炮兵火力封锁敌港口及机场，不断地打击敌人的炮兵及有生力量。

四、为了保密，在战斗未发起前，我作战部队工作，一般的动员，进入战争准备，都根据中东形势和当面敌情，通令全军加强战备。

以上部署是否有当，请指示，并待命行动。

叶飞

就在叶飞发电报的同时，毛泽东和彭德怀等有关领导人也在中南海商议炮击金门的确切时间。他们商议后，决定将这次炮击时间的决定权，下放给福建军区前线指挥所。

毛泽东和彭德怀接到叶飞发来的电报后，立即让王尚荣回电，大意是：最近敌由台湾到金门、马祖的两个师换防，炮击选在换防时最佳，26 日下午或 27 日早晨均可，由前线指挥部自己掌握。打击目标主要是海上换防的舰艇和陆上目标，包括金门、马祖。

王尚荣在与叶飞通话的过程中，转达了毛泽东、彭德怀的指示，然后要求前线指挥部，在炮击前通告一下作战部，以便作战部掌握情况，但无须再请示批准。并告第一次打击可发射炮弹1.5万至2万发。

叶飞回答说："都清楚了，遵照执行。"

当夜，狂风呼啸，暴雨如注，参战炮兵部队沿着各条行军路线闭灯开进。车多路窄，路面泥泞，重车一过，不少路面严重塌陷，一车熄火，后面大队便动弹不得。指战员们甩掉雨衣，挥锹舞镐，搬石填沙，然后手推肩顶，辅以绳拉，助车前进。

26日凌晨，全线火炮全部到位，无一门贻误军机。

叶飞下令："炮弹上膛！"

毛泽东推迟炮击时间

7月27日，就在叶飞和战士们准备好一切正要向金门开炮的时候，却意外地收到了来自北京的一份电报，电报的内容是毛主席写给彭德怀和黄克诚两位同志的一封信。

当时彭德怀主持中央军委的日常工作，黄克诚是军委秘书长。

毛主席写来的信内容如下：

德怀、克诚同志：

睡不着觉，想了一下。打金门停止若干天似较适宜。目前不打，看一看形势。彼方换防不打，不换防也不打。等彼方无理进攻，再行反攻。中东解决，要有时间，我们是有时间的，何必急呢？暂时不打，总有打之一日。彼方如攻漳、汕、福州、杭州，那就最妙了。这个主意，你看如何？找几个同志议一议如何？政治挂帅，反复推搞（敲），极为有益。一鼓作气，往往想得不周，我就往往如此，有时难免失算。你意如何？如彼来攻，等几天，考虑明白，再作攻击。以上种种，是不是算得运筹帷幄之中，制敌千里之外，我战则克，较有把握呢？不打无把握之仗这个原则，必须坚持。如你同意，将此信电告叶飞，过细考虑一下，以其意见见告。晨安！

毛泽东

七月廿七日

叶飞接到电报，立即找张翼翔、刘培善等同志进行研究。

在这个关键时候，毛泽东为什么要作出"打金门停止若干天"的决定呢？

促使毛泽东推迟炮击金门的各种因素有很多，但其中最重要的一个因素，就是"长波电台"和"共同核潜艇舰队"事件。为此，毛泽东和其他中央领导人不能不分出精力，来处理中苏关系中的这一重大事件。

所谓"长波电台"和"共同核潜艇舰队"事件，其实就是 7 月 21 日苏联驻华大使尤金在中南海游泳池向毛泽东提出的要在中国沿海建立"长波电台"和中苏两国建立"共同核潜艇舰队"的要求。

尤金的提议立即遭到了毛泽东的拒绝，毛泽东把这一事件看作是苏联企图控制中国的一个步骤。

毛泽东的态度，使苏联共产党中央第一书记赫鲁晓夫感到了问题的严重性，他决定 7 月 31 日秘密来华，向毛泽东解释。

炮击前奏

于是，毛泽东认为，在苏联朋友访华的前夕对金门实施大规模炮击，恐怕不太合适，因为那样做很容易使世界产生"此系苏俄指使"的感觉，会使苏联客人在世界舆论面前感到尴尬。

上述原因，使毛泽东作出了"目前不打，看一看形势"的最终决定。

叶飞等人认真研究了毛泽东的电报，又认真分析了前线情况，鉴于连日来暴雨不断，冲毁大小桥梁43座，公路塌方情况严重，部队在阴雨中昼夜作业，疲劳过度，病员增加，特别是空军进入前线的转场尚未完成，海军入闽部队尚在调动之中等，叶飞认为，推迟炮击较为有利。

于是，叶飞当即向中央军委复电表示：根据前线情况，准备工作做得充分些再进行炮击，较有把握。

推迟炮击时间后，叶飞继续组织人员对炮击金门的所有目标进行详尽的交叉测量和观察，以求精确，为正式炮击做进一步的准备工作。

海军秘密运输鱼雷艇

7月22日，彭德清去紫云岩前线指挥部向叶飞报到，并参加作战会议。

在会上，叶飞向彭德清传达作战任务，部署兵力，指示海军在封锁金门作战中的主要任务是：协同陆、空军，以海岸炮兵打击敌人的运输和作战舰船，控制敌舰船停泊点和飞机场，压制敌远程炮兵阵地；水面舰艇则在海岸炮兵协同下相机袭击敌航行和停泊之舰艇，切断敌人海上运输线；海军航空兵配合空军作战，夺取福建沿海的制空权。

7月24日，作战会议结束后，彭德清率参谋助手进驻厦门醉仙岩上的天界寺东海前线指挥所，指挥中枢正式启动运转。

在这一系列工作进行的同时，彭德清还一直在盼着陶勇曾答应他的鱼雷艇尽快到位。

鱼雷艇是近海攻击的利器，但自身也有着明显的缺陷：续航力低、防护力弱，不要说大口径舰炮了，即便被小口径炮弹直接命中要害部位，也有可能造成致命伤。但鱼雷艇也有它的长处，如进行海上游击战，秘密接敌突然发起攻击等，都能使其扬长避短，成为发挥威力的有力武器。

陶勇在送走了彭德清之后,就开始筹划怎样把东海舰队一大队的 12 条鱼雷艇安全地从上海锚地弄到厦门去。

在厦门海域的海军,以前和福建长期未进驻飞机一样,也只部署了少量岸炮和快艇,还从未进驻过鱼雷艇部队。可现在,突然要把 12 条鱼雷艇都秘密地运到厦门,确实不是一件容易的事。

陶勇指示:运输中,对鱼雷艇必须采取隐蔽隐蔽再隐蔽、保密保密再保密的方式,必须万无一失地把鱼雷艇搬到敌人的身边,藏在敌人的眼皮底下。

陶勇认为有两条路线可作为运输鱼雷艇的方法:一条是海路,自己开过去。海路航程约 700 海里,温州以北无大碍,洞头岛以南便进入马祖、金门等敌占岛海域。走海路白天难以顺利通过,即便夜晚,要想躲开敌人各种手段的观测也有困难。加之远距离航行损耗机械,徒使鱼雷艇尚未战先折寿。

另一条是陆路,用火车运过去。火车速度快,保密系数高,无疑比海路优越。但每艘鱼雷艇长约 20 米,而火车平板车每节才 10 多米,鹰厦铁路又多隧洞弯道,鱼雷艇能不能装上火车,装上了能不能运过去,运过去了能不能卸载下水都是个问题。

陶勇将这两条意见拿到会议上和同志们一起分析讨论。大家一致认为:我军舰艇从上海到厦门港,途中必须驶经马祖、金门等敌占岛封锁线,容易遭到空袭和炮击；况且从上海到厦门路途遥远，长距离航行会损伤鱼雷快艇主机。因此，报经总参批准，决定使用陆路运输的方法，用火车装载鱼雷快艇从上海运至厦门。

会议结束后，一行人赶往上海张华浜码头。

此时，海军鱼雷六支队一大队参谋长张逸民手下的9艘鱼雷快艇已经在此进行改装后装载。

张华浜火车站严密警戒，封锁一切对外往来，三步一岗，五步一哨。为了迷惑敌人，部队一律换上陆军的黄军装。

装载持续了一夜。30日晨，陶勇对每一节车厢进行了反复检查，才下令出发。张逸民看了一下表，时间是3时30分。上海铁路局党委书记一直把他送到车厢门口，握住他的手叮嘱："你记住，这趟军列的编码是'10689'。路上你不管遇到什么事，只要说出这个数字绝对不会有问题，一路通行。"

8月2日凌晨，列车到站后，负责接收鱼雷艇的彭德清考虑到白天目标大，便命令火车暂时驶进山洞隐蔽。

到了夜间，彭德清又亲自指挥把列车开到码头卸艇下水。在驶往待机点的航渡中，又根据他的指示，紧靠岸边成单纵队以单车微速分组航行，并使用消音器，严格灯火管制和无线电静默。

进入待机点后，鱼雷艇靠在民用帆船内侧，并严格伪装。彭德清还不放心，又驱车来到待机点进行观察，直到自己站在山头都看不清港内的鱼雷艇时，才放心驱车来到海岸炮兵阵地。

彭德清又对岸炮阵地逐个检查，指导伪装，同战士一起搭伪装棚。彭德清一一检查各个舰艇停泊点。

回到指挥所，彭德清提出保持隐蔽的几条规定：白天，人员不得在外面走动；夜间，严格灯火管制；不准往海里抛东西；不准煮饭冒烟；不准发出大的响声。

至此，鱼雷快艇第一大队就这样秘密进驻厦门前线。

空军战机秘密调动

7月27日，被正式任命为福州军区副司令员兼福州军区空军司令员的聂凤智已按时到位，并驻进了晋江空军指挥所。

毛泽东作出暂停炮击的决定后，空军的行动仍继续进行，所以，聂凤智在到达指挥所之前，就已组织好520架作战飞机。

聂凤智在他的指挥所发电报告知叶飞：

> 我人民空军将于27日配合你们参加炮击行动。

看完电报的叶飞暗暗高兴，有空军为我们夺取制空权，那我们的胜利就更有把握了。

为了成功地完成空军的空中转场，聂凤智和刘亚楼经商议后决定，空中转场的第一梯队是进驻连城机场的空一师以及进驻汕头机场的空十八师。

所谓"空中转场"，就是飞机由甲地飞往乙地的全过程。航空兵部队在临战状态下转场，是必须慎之又慎的大事。

刘亚楼认为，连城、汕头距金门、马祖相对距离较远，易于隐蔽。退一步讲，即便是被敌人发觉，也不会使敌太过敏感而惊恐。

为了稳妥可靠，刘亚楼还制定了以小进求大进的方法，即后一个大队掩护前一个大队着陆，以中队为单位，分步骤推进，以利于站稳脚跟。

空军转场时间几经修改，最后敲定在 7 月 27 日上午，时间正好和叶飞炮击的时间相近。

27 日晨 5 时，第一批转场的歼击机航空兵第一师一团和第十八师五十四团，其各项工作均已就绪。

刘亚楼早早来到了北京空军总指挥部。

恰恰就在这几天，天公不作美，福建前线和各机场乌云压顶，厚重如铅。天刚亮，又是一场暴雨来临。

6 时整，飞机已经到了预定的转场时间，军区气象站电话不断，北京、福州、罗裳山，各机场纷纷催问：“今天到底能不能飞？”

刘亚楼的脸绷得紧紧的，回答催问者说：“飞，是肯定要飞的，但究竟在何时，只能问老天爷了。”

10 时左右，气象台报告：下两个小时天气会有好转。

刘亚楼这才稍稍地出了一口气，他慢慢地将紧绷着的脸松弛了一下，对旁边的参谋说道：“好，马上电令聂凤智，抓住时机，紧急实施转场！以中队为单位，在云上中空高速飞行。”

过了一会儿，刘亚楼又说：“为了行动隐蔽起见，命令所有飞机在调动时均采取超低空飞行，并禁用所有无线电话。"另外命令浙江境内衢州、路桥基地的部队连续出动，故意飞往霞浦、古田等上空，借以转移国民党军雷达部队的注意力。

11 时 30 分左右，渐渐加强的东南风，将方圆几百公里内的云层整体抬高了数百米。

聂凤智果断发令："起飞！"

顷刻间，停靠在跑道上早已等得不耐烦的第一梯队战机，犹如脱缰的野马，嘶鸣咆哮，一跃而起。

一个多小时后，15 架"米格"战机安全降落在汕头机场，另外 33 架战机也顺利到达连城机场，胜利开辟了福建前线空中转场。

聂凤智用保密电话向刘亚楼报告："司令员，第一批'货'已经神不知鬼不觉地送到目的地了。"

刘亚楼掏出手绢，轻轻拭去额头上的汗珠，面露微笑："太好了，各部到前线后，不要急于解除隐蔽措施，不要对地面电台进行检验飞行，也不搞战区试航等常规性的工作。飞行员全关在屋内，对敌人的 F–84 战机进行对策研讨，以提高实战水平。"

炮击前奏

空军首战告捷

7月29日，粤东沿海浓云密布，一团团棉絮般的白云从海面上慢慢涌向沿海大陆，在机场四周愈积愈低，天空渐渐变得灰暗起来。

上午11时左右，国民党空军第一大队副中队长刘景泉带领4架美式F-84型飞机，紧贴着云层，低空向汕头方向飞来。他们企图采用偷袭的手段，炸毁我方新建的飞机场。

此时，在汕头机场的我航空兵空十八师侦听台的雷达已全部打开，正捕捉着海峡对岸的每一点异常的信号。

11时3分，雷达荧光屏上闪现出跳动的亮点，一共4架F-84敌机！

指挥所内，师长林虎全神贯注在标图板上，目光紧紧追随那条曲曲弯弯、不断向前移动着的蓝线，脑子里考虑着我机出航的时机。

11时11分，敌F-84低空越过台湾海峡中线。

林虎把拳头向下轻轻一按，塔台上飞起三发绿色信号弹，4架米格-17隆隆出动。带队长机大队长赵德安，飞行员黄振洪、高长吉、张以林依次跟进。

"敌机4架，高度800米，航向270度。"地面指挥员林虎通报。

3分钟后，4架米格－17战机冲入云霄。

领队长机赵德安看看仪表：机高200米。他知道，按照常规，4机起飞以后应该立即穿过云层直上高空，在云层上面完成编队，然后飞向战区。但他十分清楚，敌机距自己不太远，如冲出云层，尚未完成编队时，便极有可能被敌机发现，如果仓促迎敌，必然陷入被动。他果断决定：提前编队隐蔽接敌。

"各机注意！按战斗队形在1500米高度编队。"

"明白！"各机回答。

云层中编队，是一件难度很大的战术动作，各机互相看不见，只有靠仪表指示操纵飞机，稍有不慎，就会与友机相撞，酿成大祸，这对飞行员的意志和技术，都是一次严峻的考验。但是，赵德安非常相信他的战友们，在这种情况下编队，他们已经训练过多次了，因此有着较大把握。

战友们果然了得，在极短的时间内，4架飞机便编成菱形战斗队形。地面指挥塔一次次及时地向天空通报着敌机的高度和位置。

11时15分，气氛开始紧张。

"01号，01号，注意搜索，注意搜索，敌机就在你们的右前方！"指挥塔上，地面指挥员林虎向天空通报。

"01明白。各机注意搜索！"赵德安命令3位战友。

11时20分，机群飞至南澳岛上空。

平时苦练"空中千里眼"的3号机高长吉兴奋地报

炮击前奏

告："我看见了，是 2 架!"

"不是 2 架，是 4 架!"林虎从无线电中听到后马上纠正。

赵德安率领战友迅速跃升并密切注意右前上方。

高长吉仔细一看，果然是 4 架。

赵德安看到高长吉离敌机最近，果断改变由自己先攻击的计划，命令高长吉："你攻击，我掩护!"

随即，高长吉、张以林双机攻击，赵德安和僚机黄振洪掩护。

在指挥所里，林虎审视战区的形势，沉稳地提醒："周围没有别的情况，你们放心打! 大胆、沉着地打!"

一声令下，高长吉、张以林双机猛扑上去，占据了敌 2 号机尾后的有利位置，准备打炮。

此时，敌人才如梦初醒，但仍搞不清这些是什么飞机，慌忙地喊："后面来了 4 个，是他们的还是我们的啊?"并蹬舵左转企图摆脱。

说时迟，那时快，高长吉、张以林双机迅速敏捷地转到向左转弯的敌机的内侧。

这时，4 号机张以林机灵地进行拦阻射击，一串炮弹迫使敌机停止左转改向右转，正好给高长吉提供了良好的攻击条件。

5000 米，3000 米，1000 米，500 米，高长吉的瞄准镜稳稳地套住了敌机。

只有 170 米啦! 高长吉狠狠地按动了炮钮，炮弹呼啸着钻进了敌机机身。

敌机还没分辨出是谁开的炮，就拖着一道浓烟一头栽进了大海。

"打得好！"赵德安高兴地大声鼓励着说。

这时，在高长吉后上方的张以林一个半滚倒转，咬住了敌长机。敌长机见势不妙，急忙右转弯想逃脱。

张以林毫不犹豫，向右发射一长串炮弹，砍断了敌人的逃路。

敌机又做蛇行机动，左摇右摆地想甩开我机，但已经来不及了。

张以林从 2000 米高度以 12 度俯冲角追下去。

高长吉紧跟其后，全力掩护。高长吉看见海面上浪花飞溅，喊道："开炮！"

张以林直追到 152 米的近距离，才连续开炮 3 次，猛准狠地打出 159 发炮弹，当即就把这架敌机左机翼斩掉了一截。

驾驶这架飞机的蒋空军第一大队副大队长刘景泉歪歪斜斜地勉强飞了一段后，不得不弃机跳伞了。

与此同时，赵德安率领僚机咬住了敌僚机组。

狡猾的敌人想绕到高长吉、张以林双机之后给同伙解围，他们哪里知道，我机早有防备。

赵德安瞄准敌 3 号机，按动炮钮，敌机受伤，尾部冒出一串火花，慌忙向台湾逃去，中途迫降在澎湖岛。

敌 4 号机见势不妙，一个跃升，钻云逃遁而去。

11 时 28 分，赵德安率领 4 架飞机安全着落。

地勤人员向还在滑行的飞机跑来。

飞机停稳后，赵德安从驾驶舱里站起来，举手伸出三指：3∶0！

机场上一片欢呼！

7 月 30 日，在取得 3∶0 空战胜利的第二天，毛泽东等中央领导在北京向空军司令员刘亚楼和政委吴法宪祝贺：空军旗开得胜！

刘亚楼谦虚地向毛泽东解释："此战的成功，在于部队行动的隐蔽和地面指挥的正确果断。"

刘亚楼在战报上对此次空战写下如此赞语：

第一，有很好的决心！

第二，有非常重要的指挥！

第三，是带队长机机动灵活，空中指挥果断。

第四，是飞行员英勇顽强，攻击时靠得近，打得准，打得狠。

战后，刘亚楼召见地面指挥员、空十八师师长林虎，听他讲述战斗经过。

林虎说："我们冒雨隐蔽转场到汕头后，国民党飞机连着 27 日、28 日都来侦察过，只因我们伪装得好，没被他们发现。7 月 29 日一早，部队把飞机拖出来试车，我下令把侦收国民党飞机频率的机器搬到指挥所，亲自戴上耳机，当时就听国民党飞行员相互间及同地面指挥人员的通话。国民党空军也精得很，他们到空中只说一两句英语，是个信号，表示集合完毕。他们瞒不了我，我知道他们已经起飞了。他们一到澎湖，还要向地面管制人员说一句短话，听不清楚，但我已知他们到了澎湖，马上命令赵德安他们起飞。"

刘亚楼很感兴趣："你凭什么知道他们已起飞、已到澎湖了？"

林虎答："我就是凭经验计算时间，大体时间不会差太多。我们的机组也很棒，他们经过多年的反复演练，在空中配合很娴熟，领队长机做个动作，僚机就明白是什么意思。同时，空地配合也相当默契，雷达一发现敌机，马上就能推测出敌人的航线、时间，算好提前量，给机组正确的引导。敌人的飞机两架一组，交叉并行，互相掩护。根据多年经验，我判断他们就是4架，于是告诉赵德安不必顾虑，放开来打。"

空军首战告捷，揭开了空军入闽作战的序幕，也揭开了炮击金门争夺制空权的序幕。

炮击前奏

争取沿海制空权

7月29日，空十八师旗开得胜，我空军的战略方针就已突出。在这种情况下，空第二梯队该以何种方式进入福建，成了让刘亚楼最劳神费力的事。

他一日三电，催询聂凤智在进驻顺序问题上，究竟是先漳州后福州、龙田，还是三个方向同时进驻。

聂凤智经反复权衡，决定令空九师先进漳州。

空九师师长刘玉堤，是刘亚楼麾下的一员爱将。抗美援朝时，他曾在一次升空作战中，击落4架敌机，成为空战史上的一个辉煌战例。

8月4日上午，刘亚楼的命令一到，空九师即刻飞赴目的地。

空九师进驻漳州一线机场，让海峡对岸的国民党军队感到了一种无形的压力。国民党空军连日召开紧急会议，部署空防。

8月7日，国民党空军出动数十架飞机飞抵台湾海峡上空，发动了争夺海峡制空权的战斗。

解放军空军小试身手，即在前线站稳了脚跟。

此时，空军第三梯队的入闽计划也已出台。刘亚楼和聂凤智经商议后决定：由沈空十六师进驻龙田，海航四师十团进驻福州。

8月13日晨，海航四师十团从衢州飞抵福州。

正当一架架飞机降落、滑行之际，雷达荧屏上突然显示三都澳方向出现敌情：14架F-86分三批向福州飞来，紧接着，又发现其后跟有多架F-100美机。

刚刚落地的海航四师十团立刻重新发动战机，起飞应战。

年轻的中国人民解放军空军英勇善战，只几个回合，就打得敌机屁股冒烟。

这些"不速之客"也知趣乖巧，仅在闽江口上空兜了个圈子，就落荒折返。

聂凤智判断，敌人已经高度警惕福州方向，空情将更趋复杂，于是他命令：空十六师先飞福州，停滞半个小时后，再接飞龙田；其他机场的飞机同时起飞，保护十六师的转场，以使其顺利到达目的地。

随后，航空兵6个师17个团也同样采取这种打游击的方式，进驻福建和粤东多个机场。

国民党空军几场空战连连受挫，被迫收缩活动范围。一时形成了敌在海峡上空巡逻、我在大陆上空警戒的对峙局面。

福建沿海地区的制空权易手，为大规模炮击金门奠定了基础。

炮击前奏

中央研究炮击时间

1958 年 8 月，就在海峡两岸争夺制空权的同时，我地面上又向厦门秘密调进了三个师的炮兵力量和一个坦克团的装甲部队。

这些调动都是晚上进行的，但仍然惊动了当地的老百姓。重炮加上坦克，夜间通过福州开往厦门，轰轰隆隆，整条街道都颤动了。人们纷纷议论：这次不但要解放金门，恐怕连台湾也要收回来了。

8 月 10 日，炮击金门的一切准备工作就绪。叶飞、张冀翔、刘培善来到前线炮兵阵地做最后检查。

在通往前沿指挥所的路上，张冀翔对叶飞说："司令员，我们的海军 130 岸炮布置在厦门对岸角尾，炮兵阵地从角尾到厦门、大嶝小嶝，一直到泉州湾的围头，呈半圆形，长有 30 多公里。大金门、小金门及其所有港口、海面，都在我们远程火炮的射程之内。"

刘培善说："炮兵对所有炮击目标，都进行了现场交叉测量、观察，并且把目标都一一标在了作战地图上。"

张冀翔接着说："聂凤智和陶勇两位司令员送来的空军、海军与炮兵的协同作战方案我已经看过了，比较详细。叶司令，你再审定一下。"

刘培善说："海上的路已经让陶勇给封死了，炮击开始后，蒋军一个也别想从海上逃跑，我们的鱼雷艇早就等着他们呢。"

叶飞停住脚步，往天上看了看，说道："这几天空军的战报不错啊，击落敌人4架飞机，基本上夺取了制空权。可以说，这次战斗我们准备得非常充分，只等待着北京的命令了。"

8月20日，北京来电话，要叶飞速去北戴河向军委首长汇报战斗准备情况。

当天，叶飞安排好工作，乘专机北上。

8月的北戴河，海风徐徐，湿润清爽。中共中央政治局从8月17日开始，就在这里举行扩大会议。

会议期间，毛泽东听取了由彭德怀亲自汇报的台海形势和前线备战情况。

彭德怀说："台湾因有美国撑腰异常'牛气'，他们假想在大陆沿海大规模登陆攻取福州的'夏阳演习'正在部署，'加速进行反攻准备'的言论不绝于耳。最近，台空军多次侵入福建空域，拼抢台海制空权的劲头很足。他们还在台湾首次发射了美制'响尾蛇'导弹。我方自主席下达缓攻令后，前线战斗准备更为充分，空军顺利入闽，野战工事已大体完成并不断加强，大小金门及其所有重要目标，均在我火炮射程之内……"

毛泽东聚精会神地听着，待彭德怀讲完，他问道："蒋介石在金门、马祖问题上到底是何打算？"

彭德怀回答："总参谋部刚刚搞到一个情报，蒋介石

炮击前奏

最近曾连续几天召集谋士幕僚们开会，专门研究金门、马祖的撤、守问题。他们得出的结论是，不惜以任何代价防守金门和马祖。蒋介石的意图是，只要美军介入，就是最大的胜利。"

毛泽东接过彭德怀的话说："好啊，人家的思路已经理清了，彭老总，你觉得我们应该怎么办？"

彭德怀说："主席您看，我们要是真打起来，美国方面的确是个未知数，但是，主席您也讲过，道义在我方，人心在我方，政治主动在我方，地理优势在我方，军事上，我们也不差太多。打，有风险，但有利。"

毛泽东点点头，微微一笑："你们主战的有那么多条理由，我这里还有什么话说？"

元帅与众将领们对视一笑，他们知道，毛泽东也是坚持"有风险"的决定的。

毛泽东继续说道："现在，我们同美国也面对面坐着，大家心里都怕。我们也怕，美国有原子弹，航空母舰，你能不怕？可是美国真的就那么想打第三次世界大战？我们有 6 亿人口，有那么大的国土，我就不相信他们不怕，我看，他们美国人怕我们更多一点呢！"

毛泽东站起身来，直接走到地图前站住，指着地图上的金门岛，对众人说道："不要怕，我们要狠狠地打，把它四面封锁起来。直接打蒋，间接打美！"

听到这里，作战部长王尚荣赶紧询问："那么，主席是否还有登岛作战的考虑？"

毛泽东摇摇头：“别着急，先打他 3 天，看看美国的表现，至于登岛嘛，我们走一步看一步。”

王尚荣又问：“主席，您看，炮击时间……”

毛泽东说：“这个问题，先找叶飞来问一下他那里的准备情况吧，他这个司令官都不在，这仗还如何打嘛。”

王尚荣接过话：“那我现在就去通知叶政委，估计他明天就能到。明天是 8 月 21 日，再给前线两天准备时间，炮击时间就放在大后天，8 月 23 日，这天正好是个星期六，敌人在周日也容易放松警惕，您看这样行吗，主席？”

“好嘛，就是你说的这个‘8·23’。叶飞一到，就开炮！”

毛泽东说完，大家大笑了起来。

炮击前奏

北戴河的最后决策

8月21日15时，叶飞来到毛泽东下榻处。林彪、彭德怀、陈毅、王尚荣等十多位元帅、将军已经到来。

宽敞的会客厅中央，在地毯上展开一张放大了的东南沿海军用地图，上面标有各种颜色的符号、标记。

见到叶飞，毛泽东热情地打过招呼，微笑着说："叶飞同志辛苦了。叫你来，是想听你说说福建前线的事情。"

叶飞先向毛泽东和各位元帅立正敬礼，然后详尽地介绍了我炮兵部队进驻、配置、打法等情况。他一边说，总参的王尚荣部长一边在地图上作着新的标记。

毛泽东很认真地听着汇报，有人不时地在地图上给毛泽东指点着。

听完汇报，几位领导人都比较满意。

毛泽东突然向叶飞提出一个问题："你用这么多的炮打，会不会把在那里的美国人打死呢？"

那时，美国顾问一直配备到蒋军部队的营一级。所以毛主席一问，叶飞立即回答："应该是能打死。"

毛泽东静静考虑了十几分钟后又问道："能不能不打美国人？"

叶飞回答得很干脆："主席，那无法避免。"

毛泽东听后，再不问其他问题，也不作任何指示，就宣布休息。

大家知道，毛泽东要作进一步考虑。

这天晚饭后，王尚荣拿了一张条子给叶飞，那是林彪写给毛泽东的。

林彪提出：是否可以通过正在华沙同美国进行大使级谈判的王炳南，给美国透露一点消息。

当叶飞看到这个条子时，不禁吃了一惊，因为告诉美国人就等于告诉台湾，那就失去了这次炮击的奇袭效果，这怎么行呢？便问王尚荣："主席把这信交给我看，有没有什么交代？是不是要我表态？"

王尚荣说："主席没说什么，只说拿给你看。"

叶飞冷静地考虑了一下，认为主席既然没有要自己表态，那自己也就可以一句话不说。

第二天继续开会，毛泽东下决心了，他并没有理睬林彪的建议。

毛泽东对叶飞说："既然这样，我们还是按原计划执行，具体时间就定在 23 日 17 时 30 分。你就留在这里指挥，与彭德怀同志住一块。"

毛泽东要叶飞跟彭德怀一起住，可把叶飞弄紧张了。究竟是什么意思，叶飞不懂，也不好问。彭德怀也没派参谋来叫他住到他那里去。

晚上叶飞散步后回到房间里，正在发愁，恰好王尚荣来了。他对叶飞说："老兄，主席不是交代你住到彭老总那里吗?"

叶飞回答:"我哪好去住啊?"

王尚荣知道叶飞为难,就说:"我替你想个办法,把专线电话架到你的房间里,这下就解决问题了。"

他们商定,前线直接同叶飞通话,叶飞再通过王尚荣转报毛泽东,毛泽东的指示也由王尚荣转告叶飞。叶飞问:"彭老总那里怎么报告呢?"

王尚荣说:"主席交代我同他住一起的呀!这个你先别管了,此事由我办。"

所以,炮击金门是在北戴河指挥的。也可以说是毛泽东直接在指挥。前线则由张翼翔、刘培善代叶飞指挥。

三、 激烈交锋

● 8 月 23 日 17 时 30 分，在分针与秒针成一条
  直线的瞬间，石一宸对着送话器下达命令：
  "开炮！"

● 8 月 24 日 18 时 10 分，岸上指挥所下达命
  令："鱼雷快艇出击！"

● 激战方酣，厦门前线指挥部接到毛主席命
  令："9 月 4 日、5 日、6 日，暂停炮击三
  昼夜。"

"**8·23**" 炮击金门

8 月 23 日，是实施炮击金门的日子。这一天，指挥中心分外忙碌。

一大早，前线指挥部副司令张翼翔便向叶飞将军报告说："部队一切准备就绪，只待命令一下，就可执行任务。"

叶飞旋即将消息报告给了王尚荣。王尚荣将昨晚和彭总的谈话告诉了叶飞："炮击按计划进行，时间定在今天 17 时 30 分，但开炮以前必须有毛主席的命令。"

王尚荣交代说："彭总还嘱咐说，炮击时要抓一定的目标打，不要乱打，以免效果不大，造成浪费，那样敌人还会笑话我们。第一次炮击打 1 万或 1.5 万发炮弹，由你们自己掌握。对水面目标主要打舰艇，好好地打他几只，对地面也要打其主要目标。要充分准备对付敌人的还击，要组织好人员疏散。敌人还击时，我们要压制他。要注意防空。炮击后，敌人可能对鹰厦路、福州等进行轰炸。"

叶飞一一将王尚荣交代的内容记录下来，再将信息布置给前线指挥部。

这天拂晓前，各部战士便已完成射击准备，参战的鱼雷快艇和航空兵于前一天夜里秘密进入战位，459 门火炮、80 余艘舰艇、200 多架飞机，像猛虎、蛟龙、雄鹰一样，都瞄准了金门岛各自的打击目标。

上午，自从石一宸向张翼翔报告了炮击的具体时间后，张翼翔便立即要炮兵卸下炮衣，擦拭炮弹，摇起炮身，装填好炮弹，只等待开炮的命令，并说明了其着重打击的目标是金门蒋军的指挥机关、炮兵阵地、雷达阵地和停泊在料罗湾的海军舰艇。

一时间，从军区首长到前线部队，从北京统帅部到福州军区首脑机关，从炮战指挥所到第一线指战员，犹如箭在弦上，只等一声令下，立即就会万炮齐鸣，威震海疆。

石一宸坐镇指挥所，精神高度紧张，精力高度集中，在他座位周围摆放着 10 多部电话机，与各炮兵群、分群均是直达线。为了做到万无一失，石一宸又亲自将几种电话机试了又试，直到认为通话质量各方面都正常才放下心来。

从 15 时开始，石一宸便一直握着电话，与北京前线指挥部的总司令叶飞保持着直接联系，他一遍一遍地向叶飞询问："叶政委，开炮的命令下来了没有？"

叶飞在电话那头回答得很干脆："没有。"

隔了几分钟，石一宸又问了一次，可他得到的答案还是"没有"。

一直到了 17 时，叶飞被石一宸问得有些着急了，叶飞在电话里大声地向石一宸吼起来："哎呀！老石，我比

激烈交锋

你还要着急，命令一来，我马上就告诉你！"

与此同时，坚守在第一线的指挥员们也一个劲地催问石一宸。石一宸答道："你们就不要问了，拿好电话，听我的命令便是！"

17时20分，在电话那头的叶飞终于传来了这样的声音："主席命令我们，17时30分准时开炮！"

石一宸立即向军区领导刘培善副政委、张翼翔副司令员报告。两位军区首长兴奋地说："对表吧。"

于是，石一宸通过电话要求各炮群对表。

表针一秒一秒地移动。

17时30分，在分针与秒针成一条直线的瞬间，石一宸对着送话器下达命令："开炮！"

送话器里的话音刚落，我几百门大炮同时震天动地怒吼起来，阵地像地动山摇一般。

发出巨响的炮弹从厦门周围山头上喷射出去，千百吨火红的炮弹越过厦门与金门间的海峡，狂风暴雨般落到金门岛国民党军阵地上。

金门岛顿时浓烟滚滚，炮火的光焰映红了天空……

炮击有节奏地展开，一波未平，一波又起，共有3个波次。

第一波作战号称"台风"，持续时间15分钟。

对北太武山金门防卫部，使用6个炮兵营共72门火炮，发射6000余发炮弹；

对金门县城东北的敌五十八师师部，使用3个炮兵营共 36 门火炮，发射了 3000 余发炮弹；

对位于小金门岛中路的敌第九师师部，使用 5 个炮兵营共 60 门火炮，发射了 5000 余发炮弹；

对小金门林边、南圹的敌二十五团、二十七团团部，使用 6 个炮兵营共 72 门火炮，发射了 6000 余发炮弹；

对大、二担岛敌营房、炮阵地，使用 2 个炮兵营共 24 门火炮，发射了近 3000 发炮弹；

对料罗湾敌运输舰，使用海岸炮 6 个连共 24 门火炮，发射了 1000 余发炮弹。

第一波火力突袭后暂停 5 分钟，让海风吹散硝烟，侦察战果，也让炮管稍稍冷却，以备再战。

17 时 50 分，第二波炮击开始，作战号称"暴雨"，持续 5 分钟。重点压制敌炮兵阵地对我反击。

第三波仍是一次短促急袭，19 时 35 分开始，每门炮打 4 发，目标是打击抢救、维修、灭火之敌。6 个远射程炮兵营发射的 2600 多发炮弹，准确地落在金门防卫司令部驻地。

在打炮的间隙，石一宸走出指挥室，从瞭望孔向大、小金门望去：那里很糟糕、很混乱……

当时，金门防卫司令部正在"翠谷"厅举行宴会，炮弹突如其来，金门防卫部副司令官赵家骧等 3 人受重伤，不治身亡，参谋长刘明奎也受伤。国民党军指挥官胡琏命大，如果早出来 10 秒钟的话，也只有当场死亡。

国民党军被打得落花流水，四处逃窜，大声疾呼台

激烈交锋

湾派飞机支援。

我飞机密切监视，台飞机无法近前。

针对台战舰出动，我海军严阵以待。

20分钟后，金门岛上炮兵开始还击，发射炮弹 2000 余发，但迅即被我军炮火压制。

大规模的炮击持续了一个多小时，我军仅第一阵炮击，就毙伤国民党军中将以下官兵 600 余人，击毙美军顾问 2 名，击伤海军"台生"号大型坦克登陆舰改装的货轮，"中"字号登陆舰被命中 5 发，摧毁岛上大批军用设施及通信系统。

福建前线指挥部张翼翔副司令员向北京报告："我军炮击金门共毙伤国民党官兵数百人，击伤由大型坦克登陆舰改装的货轮'台生'号一艘，另外，还破坏了金门所有的通信系统。"

叶飞在电话那头兴奋地说道："太好了！我马上向毛主席、中央军委报告！"

18 时 16 分，福州军区副参谋长石一宸又迅速草拟发往北京的战报电稿。

电文如下：

一、炮击经过：今 17 时 30 分，对敌金门防卫部、第五十八师师部、蔡厝营房，小金门之第九师师部、第二十五、第二十七团团部，后头之后勤机关及停泊在料罗湾之"中"字号登陆舰1艘，实施突然炮击。在19时35分又对敌实施一次短促急袭，然后即停止射击。据观察，我炮击之敌指挥机关、雷达站，弹着较准确，效果良好，敌"中"字号登陆舰被命中5发，敌发射阵地之炮兵连，基本上被我压制。敌炮还击，主要对我莲河、霞浯、仙景、大嶝、厦门之虎仔山、香山、前村等地区，发射炮弹2000余发。

二、敌人反映：大、小金门到处叫喊威胁很大，称"非常厉害，防卫部下大雨"，"有线电全部中断"，"大、二担伤亡75人"。金门机场管制中心报告："机器打坏，人员伤亡不能工作"，"张先生肚子痛，无法起床（运输机中弹片，不能起飞）"。紧急申请"空中支援"，并要马祖向我炮击进行牵制。"空援业已中断"。

三、我损耗情况：消耗新式火炮炮弹23725发，旧式炮弹5544发，海岸炮弹1488发，共计31757发；伤第九十二师炮兵司令，炮兵一三一团政委，炮兵副连长2名，炮手5名共9名，亡电话员1名，被击坏85毫米加农炮2门。

激烈交锋

炮击金门调动美舰

8 月 23 日的金门炮击，让美国总统艾森豪威尔几乎彻夜难眠，连在台湾的蒋介石都没有搞清楚，解放军这次大规模炮击金门，是不是就要解放金门、马祖呢？

毛泽东这一重大决策，是同当时不可一世的美国进行较量，是一个有国际、国内重大意义的战略行动。这是当时很多外国人都没有弄明白的战略行动。

毛泽东选择这个时机大规模炮击金门，摆出我军要解放台湾的姿态，一是警告蒋介石；二是同美国进行较量，把美国的注意力吸引到远东来，以调动当时正在侵略中东的美国第七舰队，支援中东人民的斗争。

福建前线我军实施对金门大规模炮击时，美国总统艾森豪威尔在华盛顿三天睡不着觉，摸不清我军此举的意图。

当时我空军入闽，在空战中已击败了蒋介石空军，牢牢地夺取了福建前线上空的制空权；我海军入闽，已基本控制了福建沿海的制海权；大批炮兵及坦克部队调入福建，鹰厦铁路已修通，福建前线包括汕头等地已修建大批空军作战基地。艾森豪威尔从种种迹象判断，我军这次大规模炮击金门行动，绝不只是要解放金门、马祖，而是要大举渡海解放台湾的前奏。

于是，艾森豪威尔下令，将地中海美第六舰队一半舰只调到台湾海峡，和第七舰队会合，加强第七舰队，中东局势缓和下来了。

艾森豪威尔不是毛泽东的对手，事实上，他完全被毛泽东调动了。

杜勒斯于 9 月 4 日发表声明，公开要扩大美国在台湾海峡地区侵略范围，对中国人民进行军事挑衅和战争讹诈。

美国从中东的第六舰队调来一半舰只，加上从本国和菲律宾调来的，美军在台湾海峡就有航空母舰 7 艘、重巡洋舰 3 艘、驱逐舰 40 艘。美国第四十六巡逻航空队、第一海军陆战队航空队和其他好几批飞机也调来台湾，美国第一批陆战队 3800 人已在台湾南部登陆。

侵台美军司令部还公然扬言，要在 8 日的演习中以舰炮封锁我沿海岛屿。

毛泽东把美国的注意力从中东转移到远东来后，因此，地中海紧张局势趋向缓和。

激烈交锋

鱼雷快艇首战告捷

8 月 24 日，炮击暂时平息。炮战中被击伤的"台生"号半夜里又悄悄地摸回港内。中午，金门岛东南海面驶来 3 艘护卫舰，加强了料罗湾海域的巡逻警戒。下午，"中海"、"美颂"号等 3 艘登陆舰运送人员和物资进入湾内。截至 16 时 30 分，料罗湾已经停泊了准备卸载的 10 多艘舰艇。

为了迅速扩大战果，福建前线指挥部副司令员张翼翔向在北京的叶飞司令员请示，对金门国民党进行第二次大规模的联合炮击。

叶飞在电话那头回答了两个字："可以。"

17 时整，前线指挥所向张翼翔报告："36 个炮兵营、6 个海岸炮兵连和 1 个快艇大队、2 个护卫艇中队都已准备完毕，请下命令。"

张翼翔果断地命令："开火！"

话音刚落，无数条火舌飞向金门，惊天动地的炮声把海水震起了滔天巨浪。

这时，锚泊在料罗湾内的 17 艘蒋军舰艇沉不住气了，军舰里的官兵向金门呼叫，希望岛上能够掩护他们逃出险境。他们明白，如果再不驶出港湾，就会遭到灭顶之灾。

金门岛蒋军防卫司令胡琏接到呼叫，心急火燎地命令金门炮兵向厦门、莲河地区的解放军炮兵阵地开炮，以掩护这些舰艇的撤离。

张翼翔在海对岸看出了敌人的动机，他大声命令炮兵："以最大火力射击封锁料罗湾！"

解放军炮兵当即以万发炮弹猛烈轰击。在解放军的炮击下，正在卸载的"中海"号当即被两发130毫米炮弹命中，掉头外逃。"台生"等舰船也争先恐后逃离岸炮射程，在海上徘徊。

他们并不知道，逃离料罗湾，并非是逃离了险境。因为在海上，10多艘鱼雷快艇正在等候着他们。

18时10分，岸上指挥所下达命令："鱼雷快艇出击！"

隐蔽在定台湾内的6艘鱼雷快艇接到命令，如离弦利箭，呈单纵队向战区高速进发。

19时12分，舰队驶入了金门海域，导航员报告："发现敌舰！"

此时月亮已在东方升起，快艇大队参谋长张逸民在望远镜中看到蒋军共7艘舰船，两艘名为"台生"、"中海"的大型运输舰一前一后地行驶着，"美乐"号中型运输舰和"湘江"、"沱江"、"维源"等几艘舰艇在他们周围执行巡逻警戒任务。

张逸民认为，敌方编队右翼防护力量薄弱，是快艇攻击的有利位置。所以，当他们距离敌艇30链时，张逸民大声命令："全队展开成两个突击群，一中队攻击'台生'号，二中队攻击'中海'号！"

一中队的 184 号、175 号、103 号鱼雷艇，二中队的 180 号、105 号和 178 号鱼雷艇，共同组成突击群，向两艘大型运输舰包抄过去。

当他们距离敌人 15 链时，敌方发现了他们的行踪，并向他们打开了信号灯联络。

一中队水手长请示："报告参谋长，敌人发出了信号？"

张逸民说："别理他，冲！"

蒋军发现不是自己人，立即开炮射击，同时采取紧急规避。

距离 4 链，张逸民命令一中队 103 艇负责牵制"台生"号，184、175 艇执行攻击。

此时，担任警戒的国民党"永"、"江"字号各舰开始向鱼雷快艇射击，企图阻止鱼雷艇接近"台生"号。

尽管敌舰炮火凶猛，一中队仍然曲折运动，沉着接敌，沿着不同方向冲破枪林弹雨的层层阻隔，硬是逼近了目标。

与此同时，二中队也向"中海"号猛扑过去。

张逸民传令："沉着点，靠近了再打！"

当二中队鱼雷艇距敌舰只有 400 米左右时，张逸民高喊："发射鱼雷！"

几枚鱼雷同时向各自的目标飞去，只听见"轰轰"

几声巨响，蒋军"中海"号顷刻之间浓烟滚滚。

19时25分，一中队鱼雷艇距离"台生"号500米时，184、175艇齐射，103艇单独发射。175艇因左发射管中弹，系统损坏，只射出右雷。

约20秒，"台生"号冒出两个巨大火球，一会儿，发出了巨大的爆炸声。5分钟后，"台生"号沉没。

"台生"号是在炮击金门的当天下午从台湾驶达金门的，上面满载着为岛上补给的弹药和通信器材。该舰几次试图靠岸卸载都没有成功，前两次炮击时，它躲在料罗湾避险，金门防卫部因觉得料罗湾不安全，又把数百伤员也安置到这艘船上到海上防炮击，结果仍没能逃脱厄运。"台生"号船身被鱼雷击中后爆炸，这个庞然大物在连续的猛烈爆炸中迅速解体，生还者仅56人。

蒋军的其他舰艇发现两艘大运输舰被击中，吓得急急忙忙逃窜而去。

解放军鱼雷快艇部队，取得了入闽后首次海战的重大胜利。

激烈交锋

陆海空联合封锁金门

8月26日，彭德怀根据中共中央领导的意见，电话指示在厦门前线指挥部的张翼翔。

彭德怀在电话里说："根据毛主席的指示，目前要严密封锁大、小金门和大担、二担等岛屿，以火力割断诸岛之间的联系，使其不能互相支援。要以炮兵打击在金门机场起降的运输机，海军要加强对国民党中、小型舰艇的打击，航空兵要坚决打击进入大陆上空的国民党军飞机，但不要越出领海上空作战。"

张翼翔听到彭德怀的指示，立即向中央领导表示决心："请党中央、毛主席放心，我们一定坚决打击美蒋的反动气焰，严惩金门顽敌！"

张翼翔、刘培善立即召开作战会议，调整部署，从地面、海上和空中三个方面加强了对金门的封锁。

张、刘二人要求由福建前线部队将新近入闽参战的炮兵第二师二十八团、第六师七团，分别加强到厦门、莲河两个炮群，同时在围头建立一个远射程炮兵群，进一步从地面、海上和空中加强对金门的封锁。

为了摆脱艰难处境，台湾方面想出了一系列反封锁措施，以各种方法向金门补运物资。

9月1日，台风在厦门与汕头之间登陆，沿海风力大增，台湾海军决定再次前往料罗湾。

14 时 20 分，台湾海军派中型登陆舰"美坚"号由马公港起航，护航的是"维源"号、"沱江"号和"柳江"号 3 艘中型猎潜舰。

19 时，镇海观测站在距离金门岛 27 海里的时候发现了护航运输编队。

鱼雷艇编队首先向敌舰发起攻击。但是由于岸上指挥所导航上的失误和风浪超过了鱼雷艇的承受能力，攻击未能奏效。

随后，副中队长王兴华率领 556 号、557 号、558 号高速炮艇接着出击。3 艇炮艇都是 75 吨，新造不久，组建才 1 个月。它们迅速向"沱江"号逼近，编队指挥员、大队长魏垣武在最佳距离下达了"向敌舰发起攻击"的命令。顿时，10 多条火龙，带着曳光，向"沱江"号飞奔而去。

敌我距离越打越近。副艇长华克毅指挥 556 艇由 3000 米打到 300 米。华克毅技术精湛，又有海战经验，中队指定他分管航行指挥。

华克毅指挥着 556 艇，迅速地咬住"沱江"号。

"沱江"号虽然只是中型猎潜舰，但比起 556 艇来，就成了大舰了。面对占有绝对优势的强敌，华克毅毫不胆怯。他眼视四面，耳听八方，巧妙地指挥 556 艇运动到最佳阵位。

艇长宫毓斌立即下达命令："准备射击！"

激烈交锋

"长点射!"前炮炮长李维路命令。

只见一连串炮弹紧贴着海面向敌舰飞去。"沱江"号上空霎时连续闪烁着爆炸的火光。

"短点射!"后炮炮长季传浪命令道。

随着一阵"轰轰隆隆"的炮击声,"沱江"号上的那门76.2毫米炮被打哑了。

556艇越打越猛,"沱江"号不断冒起团团火光。

突然,敌舰仗着舰大的优势,猛地右转弯,向556艇扑来。看得出,"沱江"号舰长是个有作战经验的老手。

海上作战,不同于陆上。在海上,战胜对方的心理因素更为重要,操艇的指挥员一旦胆怯,全艇士气马上就被压下来。敌舰长深知这个缘由,他想发挥一下心理战术的威力。"沱江"号像张开血口的巨鲸,劈开浪山,向我艇队扑来。

557号、558号两艇迅速规避,远离了敌舰。

华克毅看透了敌舰长的险恶用心,紧紧盯住"沱江"号,咬住它的右舷不放。

他的目的是不让"沱江"号左舷发挥火力,并使受伤的"沱江"号单侧进水,失去平衡,加速下沉。

"沱江"号舰长也看出了华克毅的用意,硬是要发挥左舷火力,他想甩开556艇。华克毅指挥着556艇绕圈子。敌舰长一看甩不掉556艇,只好转向朝556艇猛地撞来。

海上战斗，要想取得最后的胜利，主要看驾驭舰艇的指挥员的本事。

华克毅在与敌"沱江"号只有几十米的距离上，脸不变色心不跳，一拉最高速，从敌舰舰首冲了过去。

"沱江"号再次急速转舵，华克毅眼明手快，再次甩掉了"沱江"号的撞击。

"沱江"号一看此计不成，只好采取边打边逃的战术，华克毅则是咬住不放。

这时，557号、558号两艇也迅速赶到，它们会同556艇，再次向"沱江"号发起猛烈攻击。在数十发炮弹的爆炸中，"沱江"号再也支持不住了，带着千疮百孔的躯壳，歪歪扭扭向台湾方面爬行。然而，没跑多远，就一头栽进了马公港附近的海域，再也没有起来。

在解放军陆海空三军联合打击下，金门岛上的补给运输一度中断，运送物资接济不上，金门守军处境日见艰难。

激烈交锋

毛泽东命令暂停炮击

8月末，叶飞由北戴河回到厦门前线。

此时，大、小金门岛屿，包括金门唯一的港口料罗湾海面，全部被我军炮火封锁，金门和台湾的海上通道完全被我切断。

台湾为了给金门补给军用物资，以海军护航，从海上派出了无数次运输船只，均被我军炮火击溃。

金门的弹药补给也中断了，粮食、燃料的补给也中断了。他们的炮弹快打完了，储备粮也所剩无几，金门守军被迫全部转到地下。

激战方酣，厦门前线指挥部接到毛主席命令："9月4日、5日、6日，暂停炮击三昼夜。"

命令是用电话传达过来的，时间是9月3日21时45分，是由北京总参作战部部长王尚荣一字一句地转述的。

接到这样的命令，前线指挥部副司令张翼翔自然是有点不甘心。

就在前一天的下午，蒋军驱逐舰"信阳"号、"丹阳"号和猎潜舰"柳江"号、"北江"号驶来金门海域被我军发现后，彭德清便立即作出了决策，要对敌舰队进行连续攻击，可是，当他把作战预案报至北京、北戴河时，却被否决了。

现在，面对着停炮的命令，张翼翔心中非常不快，他拉长了脸询问王尚荣："怎么搞的，莫明其妙！为什么不准打？海上要不要封锁？请军委发个特急电报来，这么大的事，口说无凭啊。"

王尚荣说："老张啊，头脑要冷静一些，打了10天了，中央要观察一下国际动态，特别是美国佬的动态，他们已调集了那么多的兵力，中央必须弄清楚他们的意图，是观战还是参战啊！你不要忘记军事斗争服从政治斗争的原则，可不能乱放炮啊！"

张翼翔虽然仍没有领会中央的意图，但他在放下电话后，还是将消息上报给了叶飞。

当天22时21分，叶飞签发的命令迅速传达：从4日零时开始，各炮群、岸炮群，必须严格执行中央军委、毛主席的命令，不准打炮，敌人打我们也不准还击，也不准打冷炮，违犯者军法处置！

9月4日早上5时，前线一片寂静，中央人民广播电台正在向全世界宣布《中华人民共和国政府关于领海的声明》。

《声明》内容如下：

中华人民共和国政府宣布：

一、中华人民共和国的领海宽度为十二海里。

二、中国大陆及其沿海岛屿的领海以连接

激烈交锋

075

大陆岸上和沿海岸外缘岛屿上各基点之间的各直线为基线，从基线向外延伸十二海里的水域是中国的领海。

三、一切外国飞机和军用船舶，未经中华人民共和国政府的许可，不得进入中国的领海和领海上空。

四、以上二、三两项规定的原则同样适用于台湾及其周围各岛、澎湖列岛、东沙群岛、西沙群岛、中沙群岛、南沙群岛以及其他属于中国的岛屿。

台湾和澎湖地区现在仍然被美国武力侵占，这是侵犯中华人民共和国领土完整和主权的非法行为。台湾和澎湖等地尚待收复，中华人民共和国政府有权采取一切适当的方法在适当的时候，收复这些地区，这是中国的内政，不容外国干涉。

同一天，美国务卿杜勒斯匆匆走上在白宫举行的新闻发布会讲台，宣布："国会的联合决议授权总统使用美国的武装部队来保护金门和马祖等有关阵地，美国已经作出军事部署，以便一旦总统作出决定时接着采取既及时又有效的行动。"

美国国务院发言人也宣称："美国只承认 3 海里的范围，从来不承认关于 12 海里领海的任何要求。"

不仅如此，美军还采取了一系列的挑衅活动：9月5日，美国飞机P-5M型1架侵入我领空；9月6日，美国海军第七舰队由"中途"号等4艘航空母舰组成的特混舰队，驶到基隆以东及台湾海峡，起飞141架次战斗机，向我军显示其"有效打击"的威力。

面对美国政府的战争挑衅，中共中央一方面坚持决不示弱的态度，同时又表示愿意谈判。

9月6日，中华人民共和国国务院总理周恩来发表《关于台湾海峡地区局势的声明》，严正指出：

> 中国政府完全有权对盘踞在沿海岛屿的蒋介石部队给予坚决的打击和采取必要的军事行动，任何外来的干涉，都是侵犯中国主权的罪恶行动。

周恩来还警告美国政府：如果继续对中国进行侵略和干涉，必须承担由此而产生的一切严重后果。

在我军停止炮击的3天当中，金门蒋军向我方射击9次，打了134发炮弹，造成学生，工人、农民伤亡35名，但我军一炮未放。

激烈交锋

采取微妙攻击策略

9月7日，美国人露面了，他们的军舰、飞机无视我国政府的声明，悍然闯入我国领海。

这天，一支美蒋海军特混编队来到金门海域，共有11艘舰艇，其中美国重型巡洋舰1艘，驱逐舰4艘。

一艘"美"字号登陆舰在特混编队护航和空中数十架美蒋飞机掩护下，向料罗湾岸滩卸货。

我军仍然一炮未发。

美国以为我软弱可欺，不断派舰艇、飞机侵犯我国领海、领空：11时33分，美国驱逐舰1艘侵入我东旋岛以东7.5海里；15时33分，美国第七舰队旗舰、重型巡洋舰"海伦娜"号侵入金门岛以南4.2海里；16时30分，美国又1艘驱逐舰侵入东旋岛以东8.7海里；"海伦娜"号竟然又侵入围头角以南4海里处活动，正好在我海岸炮兵的射程之内。

面对美国人的公然挑衅，前线各炮群指挥员纷纷打电话请示叶飞："打，还是不打？"

事关重大。此刻，身在前线指挥的叶飞一面严令部队密切观察，不准开炮，一面将当天情况急电中央军委：美军已直接介入，打不打？请毛主席指示。

当日，中华人民共和国外交部发言人再次奉命发表声明，又一次向美国政府提出严重警告。

晚上，毛泽东终于答复："照打不误。"

叶飞又问："是不是连美舰一起打？"

毛泽东回答："只打蒋舰，不打美舰。"同时交代，要等美蒋联合编队抵达金门料罗湾港口后，等待命令才能开火。

有了毛主席的指示，叶飞心里有了底。但刚放下电话，他突然又想起了一个问题，于是马上又把电话打过去请示："我们不打美舰，但如果美舰向我开火，我们是否还击？"

毛泽东说："没有命令不准还击。"

毛泽东的这个命令是由总参作战部长王尚荣向叶飞转达的。叶飞接到这个电话，极为吃惊，他怕电话传达命令不准确，铸成大错，再问王尚荣："如果美舰向我开火，我是不是也不还击？"

王尚荣回答说："毛主席命令不准还击！"

放下电话，叶飞心中极为紧张，因为要执行毛泽东的命令，只打蒋舰，不准打美舰，这很不好办。美舰和蒋舰相距很近，如果哪一炮瞄不准确，稍有误差，就会打到美舰。

为了执行毛泽东的命令，叶飞亲自向三十一军及各炮兵群下达命令：待美蒋联合编队抵达金门料罗湾港口，北京下了命令后才开炮；各炮群只打蒋舰，不准打美舰。如美舰向我开火，我不予还击！

激烈交锋

各炮群接到叶飞这个命令，都吃惊了，纷纷追问。叶飞又把命令再复述一次，并问炮群是否都听清楚了，听明白了。

各炮群回答："听清楚了，听明白了，按毛主席的命令严格执行。"

接着，叶飞又将情况通报了空军、海军，等一切都安排就绪了，这才松了一口气。

同一天晚上，新任总参谋长黄克诚大将向叶飞传达了中央军委电令：于9月8日对金门国民党军进行第三次大规模炮击，其规模要比8月23日大，准备打3万发，时间定在下午5时到6时左右。

午夜时分，总参作战部又向叶飞传达了周恩来的指示："估计明天和后天，美国海军特混编队可能继续来金门护航，因此要求严密掌握美国护航军舰的活动，发现美舰及时上报，越早越好。"

叶飞立即召开紧急会议，对明天的炮击进行部署。散会前，他用手指重重地敲击着桌面，严肃地说："只打蒋舰，不打美舰，这是一个死命令，要坚决执行……事态还在发展，一切要听从中央军委命令。"

会议结束后，前线三军严阵以待，开始准备明天的一场恶战。

9月8日，美国人又来了。

这次是第七舰队的旗舰，重型巡洋舰"海伦娜"号亲自出马，率领由6艘驱逐舰组成海军特混舰队，掩护国民党由"阳"字号、"太"字号、"永"字号、"江"字号、"美"字号等7艘军舰组成的编队,向料罗湾大摇大摆地驶来。

11时35分,912吨的中型登陆舰"美乐"号和"美珍"号,满载着汽油、弹药和军需物资,分别在双打街、沙头附近岸滩卸载。它们处于抛锚状态,正是我海岸炮兵射击的有利时机。

此刻,金门海域的美蒋海军共12艘军舰,组成了两层巡逻警戒线。此刻的美国军舰实际上已经侵入了我国12海里领海内。

对金门进行第三次大规模炮战即将开始。参加炮战的地面炮兵为42个营和6个海岸炮连,共480门大炮。

叶飞亲自给彭德清打电话说:"今天要力争击沉'美'字号登陆舰,但绝对不准向美舰开炮,我可是向毛主席立过军令状的,就是美舰向我们射击,没有上面命令也不还击!"

中午12时,中国政府再次向美国提出了严重警告,美国军舰仍然停泊在蒋军军舰的周围。

12时30分,叶飞得到北京传来的开火命令。

恰在这时,一艘敌舰已驶进港口开始卸货,再不开炮就晚了。各炮群指挥员再次请求开炮。叶飞心里急得直冒火:下令吧,万一打到美舰,就是违抗毛主席的命令;不打吧,让金门蒋军得到补给,也是不执行毛主席的命令。他左右为难!

激烈交锋

12 时 43 分，叶飞把心一横，下令："打！瞄准蒋舰打。"

顿时，海岸炮兵 149 连、150 连、107 连、108 连开始对停泊在料罗湾的国民党军舰射击。

炮弹越打越快，越打越密，料罗湾里燃起一片火海。没有多久，"美乐"号连中 8 弹，燃起大火，并发出了剧烈的爆炸声，犹如山崩地裂。

"打得好！"叶飞在指挥所里高兴地说。随后，举起望远镜，向硝烟弥漫的大海上观察。

"轰！""美乐"号上的弹药爆炸了，油料起火，一瞬间被撕成两截，舰尾沉入海中，舰首翘出水面。浓烟与烈火腾空而起，一股粗大的黑色烟浪直冲云霄！

叶飞在望远镜后观察着"美乐"号爆炸、起火、下沉的情景。他观察了美国特混编队的位置，用手指了指金门，果断地发出了射击命令："预备——放！"400 余门大炮顿时同时开火。

这时，富有戏剧性的场面出现了：美国海军旗舰、重型巡洋舰"海伦娜"号在主桅上悬挂着一面旗帜，6 艘驱逐舰迅速齐转航向 180 度，加大航速，掉转舰首，离开我领海，驶向料罗湾以南 12 海里以外，一炮未发，丢下了它的国民党"盟友"军舰不顾，只顾在安全的海域中漂泊观战。

美国军舰刚一开溜，料罗湾便空出一大片海域，其余几艘蒋舰没有护航，孤单地暴露在外。

13 时 52 分，彭德清又下令 107 连、149 连、150 连的 12 门 130 毫米岸炮，集中火力，向"美珍"号登陆舰射击。"美珍"号被迫逃出料罗湾。

随后，金门蒋军和在料罗湾的蒋舰纷纷向台湾告急。

台湾问："美国朋友、美国军舰呢?"

"什么鸟朋友，全是混蛋，早他妈跑掉了。"蒋舰指挥官恼羞成怒，骂骂咧咧地说，"返航!"他向舰队下达撤退命令："把给养统统扔到海里，全他妈喂鲨鱼!"

金门港口码头上，冒着挨炮的危险前来抢运给养的一群蒋军官兵，见蒋舰返航，大声呼叫，怒骂起来。几个被激怒的士兵，端起冲锋枪，"哒哒哒……"朝着远去的美国军舰屁股一阵猛扫。

敌人的报话机里传来了一片咒骂声："美国人不够朋友，美国人混蛋……"

听到这些对话，我军指挥所的人都不禁笑出声来。这次炮战持续至下午 6 时结束，解放军共发射炮弹 2.17 万余发。蒋军舰艇在被我军击沉 3 艘、击伤数艘后，忍气吞声地向台湾逃去。

激烈交锋

炮击摸清美军战略

毛泽东通过 9 月 8 日的金门炮击，已初步了解到美国政府的态度，但美国军舰这一天未敢开火或许有一定的偶然性，所以，美国对中国政府炮击金门的真正态度如何，还需要作进一步证实。

9 月 9 日，杜勒斯公开发表声明，宣布"美国决定使护航的美舰保持在沿海岛屿 3 海里之外"，清楚地表明了美国的态度。

9 月 11 日，4 艘美舰掩护国民党海军 4 艘运输舰和 7 艘作战舰艇向金门驶来，再次公然藐视我国政府"一切外国飞机和军用船舶，未经中国政府许可，不得进入中国领海及其上空"的严正声明，对我进行军事挑衅。

党中央和毛泽东审时度势，密切关注台海形势，时刻掌握美蒋联合编队的位置、队形和航行情况，各炮群严阵以待，准备对金门进行再一次的大规模炮击，以惩罚国民党军。

中午时分，美舰进入金门海域的中国领海，为国民党军舰护航。

14 时 57 分，叶飞再次下达了炮击金门的命令。

霎时，我前线炮群集中 40 个炮兵营和 6 个海岸炮连，共 500 余门火炮，向料罗湾码头和国民党军舰艇、大小金门的炮兵阵地、观察所、通信中心等目标又一次实施猛烈密集的炮击。

在猛烈的炮火打击之下，国民党军舰匆忙逃离码头，美舰也向外海退去。

这是"8·23"后的第四次大规模炮击，指战员们驾轻就熟、紧张有序地执行着各自的战斗任务。

这一次，国民党军的运输舰吸取了前几天的教训，不再等待美舰的掩护，当我军射击刚刚靠岸卸载的国民党军舰艇时，美舰和国民党军舰艇迅速向外海逃窜，美国军舰同9月8日的表现一样，在解放军发炮后马上退向外海，仍一炮未发。

国民党军舰逃走后，解放军炮兵遂转入摧毁和压制金门地面军事目标的打击行动。

18时，解放军停止射止。

此次行动共发射炮弹2.5万发，摧毁国民党军各种军事设施10处，击伤运输机1架。

通过9月11日的炮击，中共中央、毛泽东终于摸清了美国的战略底盘：所谓美蒋共同防御条约其实是有一定限度的，只要不涉及美帝自身的利益，要冒和我军发生直接冲突的危险，它就不干了，就只顾自己，不顾别人了。如此而已。

这时，台湾海峡的形势已经非常清楚：蒋介石千方百计想拖美帝下水，而我们则力求避免同美帝发生直接冲突，美帝也极力避免同我发生直接冲突，这就是当时

激烈交锋

台湾海峡非常微妙的三方形势。

第四次大规模炮击之后，我炮兵第六师四十一团和陆军第四十一、四十二军炮兵团各一部，陆续入闽参加大规模炮击行动，从而使先后参战的地面炮兵达 14 个团另 7 个营又 14 个连，先后参战的海岸炮兵共 8 个连。

经过解放军前一阶段的 4 次大打、83 次中打小打和上千次零炮射击，金门国民党军陷入严重困境。

支持台湾当局的美国也处于进退两难的境地。

四、 零炮策略

●美国国务卿杜勒斯在参谋长联席会议上说：
"蒋介石在金门、马祖等岛屿上驻扎部队是
愚蠢的，不明智的，也是不谨慎的。"

●中央军委根据毛泽东的指示，命令福建前线
三军："……偃旗息鼓，观察两天，再作
道理。"

●中央军委进一步发展"双停单打"方针：
"今后逢双日对任何目标一律不打炮，使国
民党军人员能走出工事自由活动，晒晒太
阳，以利其长期固守。"

实施 "零炮射击"

我军对国民党军舰和金门实施大规模炮击后，国民党海军终于明白了，他们的所谓 "盟友" 是靠不住的。

于是，他们就变换方式对金门实施补给，企图在岛上继续坚持下去，并仍想利用金门问题把美国拖入到中国内战中来。

中央军委根据这些新情况，指示前线指挥所：进一步封锁金门岛，重点打击驶进料罗湾的运输舰船和装卸点，但要避免误击美国军舰。

美国在对新中国进行军事讹诈未收到效果的情况下，开始实行脱身政策。美国政府企图压迫蒋介石放弃金门、马祖，进而造成台湾和大陆在政治上的彻底分离。

针对不断变化的复杂形势，中央军委指示：从 9 月 12 日起，前线炮兵部队可以开展 "零炮射击" 的活动。

所谓 "零炮射击"，就是指零打碎敌的意思，即以一门炮或数门炮一发一发地射击，白天和夜间不规律地射击，以杀伤敌有生力量，封锁交通要道，破坏工事、通信设施和雷达，使敌人防不胜防，使其处于恐慌不安的状态。

我军的 "零炮射击" 战术实施后，在政治上起到了打击士气，瓦解敌军的作用；在军事上起到了封锁和连续打击的作用。这种战术迫使金门岛守军的运输补给量平均每日只有171吨，连平时的一半也没达到。

9月13日，毛泽东在赴江南诸省市视察途中，肯定了解放军前线炮兵两天来开展的"零炮射击"活动，并电令参战炮兵部队全面开展这一活动。

他在给北京的信件中这样写道：

周总理、黄克诚同志：

送来连日金门情况二件及我军命令一件，收到。除照你们命令规定路线执行以外，白天黑夜打零炮，每天二十四小时，特别是黑夜，特别是对料罗湾三浬以内，打零炮（每天二三百发），使敌昼夜惊慌，不得安宁，似有大利，至少有中利小利。你们意见如何？大打之日，不打零炮。小打之日，即是打零炮。特别黑夜对料罗湾打，白天精确地较准炮位，黑夜如法炮制，似较有利。请征询前线研究，看可行否？

华沙谈判、三四天或者一周以内，实行侦察战，不要和盘托出。彼方亦似不会和盘托出，先要对我们进行侦察。周彭张乔（冠华），诸位意见如何？顺祝

旗开得胜！

毛泽东
九月十三日于武昌

根据这一指示，福建前线炮兵在发现重要目标时才集中进行大规模炮击，而平时则转入零星炮击。这一战术使金门岛上的国民党军日夜隐蔽在阴暗潮湿的坑道中，岛上的地面活动基本陷入停顿。

9月13日，台湾国民党军为了给处境日益困难的金门岛上的守军补充粮弹和各种物资，又采用了一种新的运输方式，即在天还未亮的凌晨，用"美"字号运输舰进行偷运。

但是，当他们的运输舰自以为神不知鬼不觉地接近料罗湾时，却再次遭到解放军炮火的猛烈射击。两艘"美"字号都中弹起火，狼狈逃窜。

这次运输计划失败后，国民党海军运输人员提议使用水陆两用输送车进行补给。

这种水陆两用输送车是美国制造的，每辆可载人员30名或物资两三吨。它的目标小，炮弹不易击中，适于短距离运送人员、物资。

当时，解放军的海空军为了避免中美军事冲突，奉命不出外海，而海岸边的炮兵人力射程也在20公里左右。

国民党海军就钻了这个空子，以装载水陆输送车的大型运输舰，于白天驶到金门以南解放军炮兵火力无法达到的海面，水陆输送车装载货物后再从舰上下水，直接抢滩上岸卸载。

9月14日9时32分，我围头海军雷达发现一艘大型坦克登陆舰"中鼎"号，在护卫舰"太"字号的护航下，驶向料罗湾。到达后，迅速放下舰首大门，驶出15辆水陆两用输送车。输送车泛水后进行编队航行，5辆一波，向料罗湾的各个沙头岸滩驶去。

彭德清立即命令3个岸炮连集中火力向"中鼎"号射击。

"中鼎"号冒着浓烟向外海逃去。岸炮又转过炮口，协同陆炮群拦击水陆两用输送车。

台湾国民党军新的运输补给方式首次试用基本成功，台湾当局认为可以继续实施。

与此同时，台湾当局又利用傍晚和夜间对金门守军进行空投。近海施放水陆输送车抢滩和空投，自此成为对金门实行补给的两种基本方式。

9月15日以后，美国又以军舰和航空兵为国民党军护航，不过护航的方式有所改变。

美舰再度和国民党军舰混合编队，行驶至金门外海解放军岸上炮火射程之外停泊，再由国民党海军的运输舰放下水陆输送车，涉水上岸卸货。

这样，解放军的炮兵已经无法炮击国民党军的舰只，而水陆输送车长度仅几米，目标甚小，又处于运动之中，火炮远距离射击很难命中。

美军舰载战斗机则由停泊在台湾海峡的航空母舰上起飞，几乎每天都出动数十架次，掩护国民党空军的运

零炮策略

输机飞抵距金门20公里以外的空域，然后美机在外面巡逻掩护，国民党军的运输机则迅速飞入金门上空实行空投。

针对国民党补给方式的变化，彭德清召开了紧急会议。开始，大家信心不足，认为要在2万米左右的射击距离上击中如此小的目标，确实像"高射炮打蚊子"，难度太大。

彭德清引导大家深入讨论，提出对策，例如，把输送车放近些，校正弹着点更准些，火力密度更大些，发射速度加快些等。

这办法果然奏效，5天内，我海岸炮共击伤敌舰5艘，击沉输送车5辆。

但是，绝大多数水陆两用输送车都逃脱了。如何击沉更多输送车？彭德清通过广泛征求意见，决定使用高速炮艇实施打击。

9月19日零时24分，556号、558号两艇奉命来到东旋岛西北海面。两艇根据岸上指挥所导航，果然发现一辆黑糊糊的水陆两用输送车在蠕动。

556艇两门主炮立即开火，击中了目标。可是奇怪，敌人既不还击，也不加速，只是慢腾腾地往南跑。艇长宫毓斌、副艇长华克毅决定派人上去抓活的。当556艇靠近输送车的瞬间，机枪手郭培爱、炮长李维路、大队业务长韩文灿相继跳了上去。3人从甲板搜到舱内，竟不见一个敌人，但机器声还在轰鸣。

原来，当556艇开炮射击时，水陆两用输送车上的敌人一个个都吓破了胆，跳海逃命了。

于是，556艇拖着这辆水陆两用输送车回到厦门港。

在海岸炮兵和高速炮艇袭击敌舰艇及水陆两用输送车的同时，我陆军炮兵组织了几次较大规模的袭击，摧毁了金门岛上的一批防御设施。空军和海军航空兵也频频出动，接连击落击伤10多架飞机。

由于金门斗争牵涉到复杂的国际问题，军事行动必须服从政治斗争和外交斗争的需要，9月24日，中央军委又向前线部队重申，"以炮击为主，海军空军在确实不误击美舰美机和有把握胜利的原则下相机作战"。

由于当时的台风，海面风大浪高，解放军海军快艇的吨位一般又都只有几十吨，出海比较困难，因此封锁任务主要由炮兵和空军担负。

炮兵根据新的敌情，研究了打击国民党水陆输送车并封锁空投场的新战法；空军则寻找时机，在确保不同美机交战的情况下打击国民党军的运输机。

解放军炮兵为了有效地打击水陆输送车，将部分远射程的火炮和海岸炮前推，增大火力控制范围，迫使国民党军的运输舰在更远的海面停泊，使水陆输送车因增大航程更易遭受打击；同时，迫其在距岸更远的海中下水，使其在海浪中发生沉没事故的风险增大。

此外，解放军炮兵经周密计算，在料罗湾各主要航道上及沿岸便于水陆输送车着陆的滩头，事先计划移动

零炮策略

拦阻射击弹幕和不动拦阻射击火墙，一旦发现水陆输送车或小型登陆艇上岸，马上呼唤火力实施较准确的射击。

开始，国民党军的水陆输送车由舰上泛水后，分波次成一列横队抢滩上陆。在解放军的炮火打击下，每次都有几个目标被毁伤，有的水陆输送车还在海中翻沉。

国民党军在其水陆输送车连遭打击的情况下，又不得不改变抢滩上岸的方法，其运输舰在距金门更远的海面放下减少装载量的水陆输送车，然后由输送车在多方向以单个不规律的跃进方式上岸。

这种运输方式确实可以大大减少遭受炮击的危险，可是运输量同样也大为减少。

由于海上运输量远不能满足金门守军的需要，台湾当局只得加紧空投运输。

国民党空军自从 9 月 3 日金门机场在解放军的炮火打击下起降中断后，就一直利用视度较差天候的黄昏、拂晓或夜间对金门进行低空空投。

解放军炮兵和空军针对这一情况，反复研究了打击运输机和空投场的办法。

解放军炮兵以加农炮和中口径高射炮在前沿配置，对金门岛上各空投场构成空中火网，国民党空军的运输机一临空，就马上以浓密的炮火射击，使其无法空投或升高盲目空投。

敌机逃走后，炮火马上转移打击空投场和着陆物资，杀伤地面人员。针对国民党空军夜间空投的情况，解放军在前沿岛屿和突出部也模拟国民党军的炮光信号，诱使其运输机误投。

从 9 月 23 日至 29 日，解放军炮兵不仅击落了国民党军运输机，而且缴获了许多空投物资。

台湾当局的空投计划没有一天能够如数完成，金门国民党军一天中最多只能得到 100 余吨空投物资，这对于驻守金门的蒋军无异于杯水车薪。

随着金门守军遭封锁后处境日益恶化，美蒋之间的矛盾也日益激化了。

美国已经公开表现出企图在金、马脱身的迹象，但是，蒋介石坚持不撤，仍想以金、马把美国拖在中国内战中。

零炮策略

空军单机大战"响尾蛇"

9月24日，蒋介石为了挽回在海上被动挨打的败局，命令在台湾桃园机场的国民党空军第十一大队，起飞24架F－86型飞机，对我海军航空兵进行报复。

F－86型飞机装备了美制"响尾蛇"空对空导弹。国民党空军为了增强其"空中优势"，已有221架F－86型飞机装备了美制"响尾蛇"空对空导弹。

"响尾蛇"导弹的弹头里，装有红外线的制导设备，因此它能受热力的吸引，自动奔向目标。当目标的热辐进入它的视界以后，就有一种信号传到飞行员那里，表示自己找到了目标。如果目标的距离在5公里以内，飞行员就把导弹发射出去。这时，导弹的动力装置固体燃料火箭发动机就推动导弹前进。当火药烧尽后，导弹就按惯性飞向目标。

当时，我们的歼击机上，装的是机关炮。两相对比，"响尾蛇"导弹射程较远，威力较大，命中率也较高，是当代比较先进的空中兵器。

这以前，在世界空战史上，还没有使用过空对空导弹。

这天上午，正在我海军路桥机场指挥所值班的海军航空兵六师副师长石瑛和副参谋长马万仁，突然接到对空雷达报告：敌机 F-86 型机 24 架先后由台湾桃园机场起飞北犯。

第一批 12 架活动于温州、乐清、玉环岛一带空域；第二批 12 架活动于洞头、平阳一带空域。

两位指挥员立即判断：第一批 12 架为侦察机群，第二批 12 架为掩护机群。

他们决定派出罗烈达中队、师匡腾中队、姜凯大队共 16 架相继起飞迎敌，王万林大队担任掩护。

我 16 架飞机分别赶到指定空域，投入战斗。敌机以双机对我一机或三机对我一机进行疯狂进攻。

我 16 架飞机奋力迎敌，他们机智地甩掉敌机，转入反攻。我飞机忽而迎头向敌机冲去，忽而跟着敌机穷追，把敌机从高空打到低空，又从低空打到高空。

24 架敌机队不成队，形不成形，乱作一团，连一枚"响尾蛇"导弹也没有发射，就向外海逃跑。

这时，师长赖金华赶到指挥所，命令我方飞机"不要出海"，机群听到命令随即掉头返航。

飞行员王自重驾驶的 3 号飞机，在我机群猛追敌机的时候，由于速度过快，发生反操纵，掉队了。

王自重正在寻找自己的机群，突然发现了 12 架敌机。敌飞行员看到王自重只是单机，便从左、右、后三个方向夹击过来。王自重不顾敌我悬殊的情况，向敌机冲去。

王自重驾驶着飞机，迅速转了一个弯，甩掉了敌机

零炮策略

群，然后从太阳方向插过来，紧紧咬住一架敌机，使敌机无法发射导弹。他则即刻开炮，击落了其中的一架，创造了世界空战史上首次击落携带空对空导弹飞机的战例。

王自重能够采取这样果断的行动，是与他对于敌我飞机性能的了解分不开的。

自从美国"响尾蛇"导弹装备国民党空军以后，王自重和战友们一起，就对它进行了认真的分析。

他们认为，"响尾蛇"导弹虽然有不少先进之处，但它同所有先进武器一样，也有自己的弱点：

其一，"响尾蛇"的红外线探测器是靠目标机尾部的热流导向的，决定了空战中只有拼命去咬对手的尾巴一途径，战术动作和攻击角度受到很大局限。

其二，红外装置不能识别敌我，所以双方激烈缠斗时，为防止误伤同党，一般不敢轻易发射导弹。

其三，每架飞机装载导弹，重量就要增加，因而会极大干扰飞机的速度和机动能力。

其四，在浓云、大风、雨雾的天候中作战，导弹的准确性和命中率会受到很大影响。

其五，高悬中空的太阳是最大的热辐射源，飞机发射导弹时必须背阳而动，占位十分别扭。

其六，目标机迅速地以大坡度急转弯，并积极进行反击，或向着太阳飞行，都有很大的甩脱敌机和导弹的可能性。

王自重正是根据"响尾蛇"导弹的这些弱点，同 12 架敌机展开了英勇的搏斗，并迅速击落了其中的一架。

王自重驾驶着飞机，又插进敌机群中。剩下的 11 架敌机见王自重行动自如，飞行灵活，一个个都急红了眼。

他们围着王自重，上下左右乱窜。可是，王自重犹如进入无人之境，在敌机中穿来穿去，忽而高升，忽而下冲，忽而赶到南边，忽而赶到北边，不一会儿又击落了一架敌机。

然而此时，王自重发现自己的油快用完了！他趁着敌机慌乱的机会，掉过机头，准备向基地返航。

可是，躲在一旁的敌机，连续发射了 5 枚"响尾蛇"导弹，王自重不幸中弹牺牲。

我国防部发言人针对美国指使国民党空军使用"响尾蛇"导弹向我海军航空兵发动进攻一事，郑重宣布：我军将"采取惩罚性的打击"。

几天后，我空军和海军航空兵一起出动，连续多次击毁前来侵犯的敌机；我海军舰艇和岸炮，也发起攻击，打沉打伤敌舰多艘；我陆军炮兵部队万炮齐鸣，又把金门岛笼罩在一片火海之中。

零炮策略

毛泽东阐述独到见解

9月29日，毛泽东的专列驶返北京，缓缓进站。

这时，金门已经被全面封锁。国民党军的空投、护航活动难以奏效，在面临严重威胁的情况下，美国和台湾当局都想另找出路。

蒋介石故意制造借口，扬言要轰炸闽赣，力图使美国与其并肩作战，共同对付"共军"，进而反攻大陆。

美国政府则害怕越陷越深，想赶快脱身，但又不愿意放弃侵略政策，于是玩弄起制造"两个中国"的阴谋，要台湾国民党当局放弃金门、马祖。

9月30日，形势陡变。美国国务卿杜勒斯飞赴台湾，公开威逼蒋介石，要他下令从金门、马祖撤军。

美国国务卿杜勒斯在参谋长联席会议上说："蒋介石在金门、马祖等岛屿上驻扎部队是愚蠢的，不明智的，也是不谨慎的。"

对杜勒斯的意见，美国总统艾森豪威尔也表示赞同。

蒋介石当然不能同意，他表态说，他并无接受义务，并表示要"与金门、马祖共存亡"。

杜勒斯急不可耐地跳将出来，公然干涉中国内政，他们企图搞掉蒋介石，寻找新的代理人，使台湾从中国大陆独立出去。

党中央、毛泽东清醒地看到了这一点。

10月3日，针对美国这一阴谋，毛泽东在中南海寓所里，亲自组织召开政治局常委会议。

会议上，邓小平首先发言，他说："一个月来，中美双方都在摸底。现在双方都比较了解对方意图了。公平地讲，对峙中，双方都比较谨慎。我们的火力侦察是对的，迫使美国人不得不考虑怎么办。同时，我们只打蒋舰，不打美舰，这也是很好的妙计。"

刘少奇发言，补充道："宣传上我们大张旗鼓地谴责美国侵略我国领土台湾，抗议美舰美机侵犯我领海领空，不仅动员了全国人民，而且动员了国际舆论，支持了阿拉伯人民，也对美国当局造成了强大压力，这也是看得见功效的。"

朱德说："这次炮战，对部队锻炼很大，是和平年代难得的练兵机会。不仅炮兵完成任务出色，空军、海军也都打得不错。我们要继续把我们的空军、海军搞上去，解决台湾问题归结到最后还是要有实力做后盾。"

周恩来说："我估计，美国可能在华沙会谈中提出三个方案。这第一嘛，无非是要我们停止打炮，劝老蒋减少金、马兵力，但金、马仍是在美蒋共同防御范围之内。这第二嘛，就是要我们停止打炮，蒋方减少金、马兵力，美方声明共同防御限于台、澎。第三，要我方停止打炮，蒋方从金、马撤退，双方承担互相不使用武力的义务。但不论如何，这三个方案我们都不能同意，因为这三个

零炮策略

方案的实质都是在制造两个中国，使美国能够更加明目张胆地霸占台湾。不过，中美会谈继续下去仍会对我方有利，这样可以继续拖住美国人，减少他们对中东方面的威胁。"

大家的发言，使气氛十分活跃。

最后，毛泽东发表意见，他说："我们的侦察任务现在已经完成了，至于下一步怎么走，我们必须要有一个清醒的思路。首先，对于美国人想搞'两个中国'的幻想，我们要坚决予以回击。这一点，蒋介石和我们的看法是一样的。当然，老蒋认为只有他才是正统，而我们是匪，他念念不忘的是要反攻大陆。而我们呢，也绝不能答应放弃台湾。"

毛泽东吸了一口烟，接着说："目前的情况是，我们在一个相当长的时期内不能解放台湾，而蒋介石所谓的'反攻大陆'的梦想也不可能实现。我去不了台湾，蒋回不了大陆，剩下的问题是对金、马如何。蒋介石是不愿撤出金、马的，我们也不是非登陆金、马不可。我们大家可以设想一下，让金、马留在蒋介石手里会怎么样呢？这样做的好处是，金、马离大陆很近，我们可以通过这里同国民党保持接触，什么时候需要就什么时候打炮，不死不活地把金、马吊在那里，作为对付美国人的一个手段。我们打炮，蒋介石就要求美国人救援，美国人就紧张，担心蒋介石给他闯祸。对于我们来说，不收复金、马，并不影响我们建设社会主义。光是金、马蒋军，也不至于对福建造成多大的危害。反之，如果我们收复金、马，或者让美国人迫使蒋介石从金、马撤退，我们就少了一个对付美国的筹码，就会形成事实上的两个中国。"

毛泽东的独到见解，说得大家纷纷点头。

毛泽东最后总结说："目前的形势就是这样，至于如何对付金、马的蒋军，我的意见是，'打而不登，封而不死'，让他们继续留在那里。但是，我要强调的是，我们现在的打，不是每天都打，也不是每次都打几万发炮弹。而是打打停停，一时大打，一时小打，每天只零零落落地打几百发炮弹。但在宣传上，我们要大张旗鼓，要旗帜鲜明地坚持台湾问题是中国内政，金、马打炮是中国内战的继续，任何外国和国际组织都不能干涉。"

10月5日8时，中央军委根据毛泽东的指示命令福建前线三军：

> 不管有无美机、美舰护航，10月6日、7日两日，我军一炮不发，敌方向我炮击也一炮不还。偃旗息鼓，观察两天，再作道理。

接着，中央军委确定了"打而不登，封而不死"的决策。

为了向党内军内解释作出这一决策的原因，10月5日晚，中央军委发出《关于当前对金门、马祖等沿海岛屿军事斗争的指示》。

"指示"中说：

> 目前是收复金、马，还是仍由蒋军占据金、马，两者对今后斗争孰较有利，是我们当前必须考虑和决定的问题。
>
> ……把解放金、马和解放台湾统一来解决的长远利益比较起来，则不如把金、马暂缓解放仍由蒋军占领似乎较为有利。

当晚，在福建前线指挥部作战会议上，叶飞对陆、海、空指挥员说："中央军委根据毛主席的意图命令我们，在目前，宜减轻对金、马的军事压力，使金、马国民党能够生存下去，促使其守而不撤，当然又要使其处于紧张状态，这样，才能拖住美国不得脱身。在必要时，我军仍可组织像过去那样的大打。总之，临危应变，主动在我。"

这次作战会议后，我军从 10 月 6 日零时起，全部停止炮击，福建前线进入了以政治斗争和外交斗争为主的第二阶段，打打停停，半打半停。

政治攻势收到成效

10月6日凌晨2时，我军厦门岛前沿两座巨型大喇叭筒开始进行政治攻势。由毛泽东起草、以中华人民共和国国防部部长彭德怀的名义发表的《告台湾同胞书》开始广播，声明暂以7天为期，停止炮击，并向台湾当局建议举行谈判，实行和平解决。

《告台湾同胞书》内容如下：

> 台湾、澎湖、金门、马祖军民同胞们，我们都是中国人。三十六计，和为上计。金门战斗，属于惩罚性质。你们的领导者们过去长时期间太猖狂了，命令飞机向大陆乱钻，远及云、贵、川、康、青海，发传单，丢特务，炸福州，扰江浙。是可忍，孰不可忍？因此打一些炮，引起你们注意。
>
> ……
>
> 美国人总有一天肯定要抛弃你们的。你们不信吗？历史巨人会要出来作证明的。……为了人道主义，我已命令福建前线，从十月六日起，暂以七天为期，停止炮击，你们可以充分地自由地输送供应品，但以没有美国人护航为

零炮策略

条件。如有护航，不在此例。

……

这份《告台湾同胞书》不仅据理说明了炮击金门的理由，而且划清了在台湾问题上内政和对外交涉的界限。

这一公告发表后，在海内外引起了很大震动。

台湾当局虽然对此不公布，但是台、澎、金、马的军民从暂停炮击的行动、收听广播和口头传闻中，已经知道了中国共产党的态度。

金门岛上的气氛缓和下来了。

岛上10多万军民从躲藏了40多天的阴暗潮湿的坑道和防炮洞中走出，见到了阳光，他们都为眼前的危险消除而感到高兴。

岛上国民党军的炮兵在解放军的停止炮击期间也一炮不打，台湾军方则抓紧这7天大力进行运输，他们不仅运去了几十天的补给品，而且还运去了美国供给的8英寸重炮，准备长期固守。

对于彭德怀的文告，台湾国民党当局表示"这完全是骗局"，对此"不予理会"，但是蒋介石也十分担心这一文告会影响美国对他的支持，因而强调"宁可冒继续炮击封锁的危险，亦不愿美国盟邦退出护航"。

可是，美国对这一文告的反应却表示支持，并宣布从8日起暂停护航。不过美方同时又歪曲这一文告，把中国政府基于民族大义所宣布的暂停炮击和美国鼓吹的所谓"停火"混为一谈，并要求实行"永久停火"，即承认他们人为制造的海峡两岸分裂的事实。

对于中国共产党以实际行动表现出的和平解决台湾问题的诚意，以及基于民族大义发出的呼声，台湾当局虽然不响应，但是毕竟控制不住它在岛内的影响。在香港和海外侨胞办的一些报刊上，也纷纷发出重开国共和谈呼声。

中共中央以打促和的方针，已经收到一定成效。

零炮策略

双十空战最终获取制空权

10月10日晨7时，我空军福建机场的指挥所里，传来了前沿雷达站的紧急报告："敌机6架，正在向福建龙田方向飞来。"

这是台湾当局在我规定的7天休战日内，出动的44批182架次作战飞机进行的挑衅。

"砰！砰！"两颗绿色信号弹在机场上空腾起。

早已严阵以待的空军指战员在我空十四师副师长李振川率领下，驾着8架米格-17战斗机腾入高空，穿云破雾向战区疾飞。

在这个战斗序列中，4号飞行员杜凤瑞紧随长机李振川，一面掩护长机，一面搜索敌机。突然，杜凤瑞发现一架敌机正从侧后偷袭过来，准备向长机开炮。

"01号，01号，敌人就在你的身后，赶快升高！赶快升高！"杜凤瑞见情况危急，大声向长机报告，自己则不顾一切地加大油门，掉头向敌机冲去。

在杜凤瑞的掩护下，长机李振川脱离了险境，然而杜凤瑞却陷入4架蒋机的包围之中。

李振川掉头后发现了杜凤瑞的处境，立即命令他不要恋战："04号，04号，处境危险，赶紧摆脱！"

"04号明白！"杜凤瑞一面回答，一面与敌机周旋起来。他忽而爬高，忽而俯冲，搞得敌机晕头转向。

很快，杜凤瑞咬住了蒋军的 2 号机，连开数炮，这架蒋机立刻冒出一股黑烟，翻滚着向下坠去。

"我打中了！我打中了！"看着下落的蒋机，杜凤瑞对着无线话筒高兴地大声喊着。

长机李振川立即在话筒那头给予鼓励："04 号，好样的！"

杜凤瑞刚把飞机向上升起一点，敌 4 号机突然从杜凤瑞身边飞过。杜凤瑞暗叫一声："来得正好！"一个猛子扎下去，咬住 4 号，又是一阵猛打。

敌 4 号机驾驶员刚刚目睹了杜凤瑞打落敌 2 号机的情景，此时，见被咬住了，吓得掉头亡命逃窜。

杜凤瑞熟练地打开加速器，寸步不离地追击敌人。

600 米，400 米，300 米，敌机在瞄准镜中的投影越来越大，越来越清晰，杜凤瑞高兴地说："哈哈！看你往哪里跑！"他狠狠地按下炮钮。"咚咚咚！"一阵急促的连射，炮弹像长了眼睛似的射入敌 4 号机身。只听"轰"的一声巨响，敌 4 号凌空爆炸。

就在杜凤瑞向敌 4 号机攻击的时候，敌 1 号机从杜凤瑞的后面冲了过来，对准杜凤瑞就是一阵乱炮。炮弹击中了杜凤瑞的座机，他试了试，杆和舵都已不听使唤，战鹰直往下滑。

见此情形，李振川焦急地对着无线话筒呼叫："04 号！04 号！赶快跳伞！赶快跳伞！"

杜凤瑞忍痛刚刚跳出座舱，飞机就"轰"的一声在空中爆炸了。

杜凤瑞沉着地拉动着伞绳，调整着方向，徐徐向地面降落。可就在这时，一架穷凶极恶的蒋机从云中闪出，对准手抚着伞绳、只在空中飘落、毫无抵抗能力的杜凤瑞，射出了罪恶的炮弹……

高炮部队的战友们目睹了杜凤瑞壮烈牺牲的情景，悲愤万分。他们把仇恨全部压入炮膛，一串串炮弹怒吼着射向敌机。这个残害杜凤瑞的刽子手在掉头欲逃时，被一串炮弹击得粉碎。

杜凤瑞的英名永垂千古！1964 年，国防部将杜凤瑞生前所在的飞行中队命名为"杜凤瑞中队"。

这次空战后，国民党军的战斗机基本上不再进入我方上空，其活动线退到福建的海岸线以外。

解放军空军从空中转场入闽，到这次"双十"空战，在福建上空一共进行 13 次空战，总共击落国民党军飞机 14 架，击伤 9 架，最终实现了我空军入闽夺取制空权的战略目标。

恢复炮击震慑美国政府

10 月 13 日凌晨，福建前线广播刚刚由毛泽东亲自撰写、以国防部长彭德怀名义下达的《对金门炮击再停两个星期的命令》。

"命令"内容如下：

福建前线人民解放军同志们：

金门炮击，从本日起，再停两星期，借以观察敌方动态，并使金门军民同胞得到充分补给，包括粮食和军事装备在内，以利他们固守。兵不厌诈，这不是诈。这是为了对付美国人的。

……

台湾的发言人说：停停打打，打打停停，不过是共产党的一条诡计。停停打打，确是如此，但非诡计。你们不要和谈，打是免不了的。

……

一句话，胜利是全世界人民的。金门海域，美国人不得护航。若有护航，立即开炮，切切此令！

这一文告发表后，金门地区乃至整个台湾海峡的局

零炮策略

势得到进一步缓和。

但美国官方却十分得意，宣称是它的强硬政策才带来台湾海峡的和平。他们一方面在对外声明和中美大使级会谈中要求中国方面"永久停火"，一方面又强制要求蒋介石撤退或减少在金、马的驻军。

蒋介石面对中共方面的和平呼吁和美国要其撤退的双重压力，为维持其军心士气，于10月14日，在接见澳大利亚记者时公开发表谈话，宣称"不撤退，不姑息"，这实际上是向美国表示他不接受撤军的态度。

美国政府为了要蒋介石听从自己的安排，宣布将派杜勒斯于10月21日赴台湾同蒋介石会谈。

10月19日，美国又出动4艘军舰，侵入金门海域，为国民党军运输船护航。

其实，美国已于10月8日宣布了停止护航，这时解放军又未恢复炮击，在军事上本无护航的必要。美国采取这一行动的目的，显然在于试探解放军的停止炮击是否会变为永久性的，同时，美国也想在杜勒斯访台前，以此来安抚一下蒋介石。

美军的护航行为明显违反了彭德怀文告中"金门海域，美国人不得护航"的规定，同时，鉴于杜勒斯即将访台，中央军委决定：提前恢复炮击。

10月20日中午，国防部副部长兼海军司令员萧劲光大将，在海军司令部参谋长张学思少将、东海舰队司令员陶勇中将、政治委员康志强中将的陪同下，登上了海军云顶岩岸炮指挥所，准备观察我军炮击金门的情景。

这是炮击金门岛以来，我军职务、军衔最高的老将军首次莅临厦门前线。

15 时 57 分，大规模炮击又一次开始。

参加这次"提前恢复炮击"的有陆炮 32 个营和海岸炮兵 7 个连，共 422 门火炮。

萧劲光举起望远镜：刚才还很清晰的金门岛，顷刻间又笼罩在硝烟迷漫之中……

10 月 21 日，杜勒斯到台北同蒋介石会谈。

蒋介石态度强硬。杜勒斯改变了要国民党军从金、马撤退的打算，又许诺增加援助。蒋介石最后同意"减少金、马驻军"。

零炮策略

实行"双停单打"策略

从 10 月 6 日起至 10 月 20 日，金门地区演变为一种极其特殊的作战形式，出现了"单日打、双日停"的戏剧性战争奇观。

10 月 31 日，中央军委又进一步发展了"四不打"的方针。

今后逢双日对任何目标一律不打炮，使国民党军人员能走出工事自由活动，晒晒太阳，以利其长期固守；逢单日可略为打一点炮，炮弹一般不超过 200 发。

从此，福建前线部队采取了"打打停停，半打半停"的方针，基本上以零炮射击为主。

在实行"双停单打"方针后，解放军于 11 月 3 日又组织了第六次大规模炮击。这次炮击主要是出于政治上和外交上的考虑。

因为，美国国务卿杜勒斯 10 月下旬在台湾活动返美后，曾宣传金门战斗已经基本"停火"，蒋介石也宣传共产党军队已是"强弩之末"，已无力再打。

为表明中国人民对美国政府干涉中国内政的义愤，

同时也为了实现毛泽东暂时不取金、马，以牵制美蒋的战略意图，有意给蒋介石"制造"拒绝从金、马减少军队的口实，中央军委决定，再次炮击金门。

炮击前，福建前线部队司令部向国民党守军事先作了预告。然后，前线炮兵部队集中 33 个营又 1 个连，共发射炮弹 2.03 万发。

1959 年 1 月 3 日，大金门岛上的国民党军炮兵突然向大嶝岛滥施轰击，造成山头村托儿所 31 人死亡，17 人受伤。

为惩罚国民党军杀害儿童的罪恶行径，中央军委决定，于 1 月 7 日向金门实施第七次大规模炮击。

为了表示只惩罚少数作恶分子和利于国民党军继续固守金门，此次炮击的目标只限于炮兵阵地。

7 日 14 时，解放军炮兵 28 个营又 8 个连的炮手们，向大金门岛西半部的国民党炮兵阵地猛烈开炮。

炮击持续至夜间，共耗弹 2.6 万余发，击中金门炮兵阵地 12 处、观察所 15 个，打死打伤官兵 100 余人。国民党军虽使用不少新的机动火炮，还击炮弹 7000 余发，仍未能夺取局部主动权。

金门国民党军在遭到第七次沉重打击后，气焰大有收敛，对大陆只维持零炮袭扰。

福建前线部队根据中央军委 1 月 9 日关于"今后逢单日不一定都打炮"的指示，也逐渐减少了炮击的次数。

持续了 4 个多月的金门炮战在实际上终于宣告结束，

零炮策略

此后，解放军逐步解除了对金、马的封锁。

炮击金门的作战行动，由初时全面封锁，经过打打停停，转入零星炮击、使其保持固守的状态。这种策略挫败了美国企图制造"两个中国"的阴谋。

从 1958 年 8 月 23 日至 1959 年 1 月 7 日的四个半月中，解放军共进行 7 次大规模炮击，多次中小规模炮击和零炮射击，以及 13 次空战、3 次海战，共击落击伤国民党军飞机 36 架、击沉击伤舰船 27 艘，摧毁各种工事 320 余个，各种火炮 30 余门，毙伤国民党军中将以下官兵 7000 余人。

台风吹散最后的炮战

1959 年 8 月 23 日，是我军炮击金门一周年的日子。金门岛上的国民党军炮兵蠢蠢欲动，战争气氛在福建前线沿海地区突然紧张起来。

这个时候，我前线炮兵的武器装备，已经由苏制火炮，改装为国产的 130 毫米和首批 152 毫米加农榴弹炮。战士们用上自己国产的火炮，心花怒放，面对国民党反动派不甘失败的野心，个个摩拳擦掌，都想好好发挥一下自己的武艺。

正在此时，福建前线气象站，天气预报要刮 12 级台风。由于部队指战员都未经历过 12 级台风，对它有多厉害，谁也不清楚，加之战备紧急，大家对 12 级台风警惕并不高。

8 月 22 日晚，指战员在观察所和炮兵阵地严阵以待，密切地注视着金门岛的动静。

23 日上午，薄云遮天，风力不大。15 时许，忽然间乌云密布，迅速吞没了阳光、大地，疾风暴雨呼啸而来。

翌日，天蒙蒙亮，风雨渐渐见弱。我军战士们从上级的通报上得悉，这次 12 级台风，使国民党军和我沿海部队都受到某些损失：群众房屋倒塌、农作物被毁坏。最惨的是不少渔民，连人带船被台风吹得无影无踪了。

零炮策略

117

国民党军原准备在这一天对我军进行报复，我军也准备回击国民党军，但是，一场大自然的台风，使这场最后的炮战化为乌有……

金门的蒋军就这样被"吊"在那里并受到严惩，美国政府的侵略政策和战争政策，使其制造"两个中国"的阴谋也未能得逞。同时，炮击金门的最后胜利，也有力地支援了中东的民族解放运动，提高了我国政府在世界上的地位和声望。

参考资料

《八·二三炮击金门》沈为平著 华艺出版社

《炮击金门内幕》佚名 小说网

《一代天骄——新中国空军实战录》黄裕冲著 中共
　　中央党校出版社

《中国空军传奇》杨震 孙晓 左东著 黄河出版社

《中国炮兵传奇》孙晓 左东著 黄河出版社

《啸吟文集之炮击金门始末》啸吟著 红袖添香小
　　说网

《我在不寻常年代的特别经历》王凡 东平著 中共党
　　史出版社

《目击台海风云》李立著 华艺出版社

《新中国海战档案》崔京生著 中国青年出版社

《威震海疆——人民海军征战纪实》胡彦林著 国防
　　大学出版社

《国防历史》王中兴 刘立勤编著 军事科学出版社